道然寺さんの双子探偵

岡崎琢磨

朝日文庫

本書は「小説トリッパー」二〇一四年夏季号および二〇一五年春季号から
秋季号の連載に加筆・修正した文庫オリジナル作品です。

目次

イラスト
syo5

装丁
bookwall

道然寺さんの双子探偵

話

寺の隣に鬼は棲むのか

一

陽射しの強い七月の田舎道を、一台の白いセダンが走る。

「ほんに暑うしてたまらん。こら人も亡《の》うなるはずたい」

運転席に座る私の隣で、父の窪山真海《くぼやましんかい》は不平を漏らした。年季の入ったオンボロのセダンはエアコンの利きも弱く、父は左手で袈裟《けさ》の胸元に、右手でつるんとした頭のあたりに、それぞれ風を送っている。虫の居所が悪いのかと勘繰りたくもなるがそうではなく、彼は普段からぶっきらぼうで愛想がない。

「梅雨が明けたとたんにこの暑さじゃ、お盆のお経回りのころを想像するだけで気が重いね」

私が調子を合わせると真海は、そげなこと言うても休むわけにはいかんめえもん、と言わずもがなのことを言う。カートを押して横断歩道を渡るおばあさんの手前で車を止め、片側一車線の道路の先に目をやると、熱せられたアスファルトからは陽炎《かげろう》が立ちのぼっていた。田舎町をまっすぐ縦断する一本の生活道路は、まるで敷かれたレールにしたがうしかない人生のようだ。枝道さえほとんど見当たらない。

——長患《ながわずら》いだった大神慎之助《おおがみしんのすけ》がとうとう亡くなったのは、四日前の夕方のことだった。

訃報はただちに、大神家代々の檀那寺《だんなでら》である道然寺《どうぜんじ》へと伝えられ、数時間ののちには住職の真海が枕経《まくらぎょう》——納棺に先立って死者の枕元でおこなわれる読経のこと——をお勤めした。大神家といえば大地主の多いここ夕筑《ゆうちく》市でも屈指の資産家一族であり、その当主が亡くなったとあっては、遺族が悲しみに浸る余裕もなく方々への対応に追われることは目に見えている。それでなくても慎之助の四人の子はそろってこの田舎町を離れ、遠く離れた都会で家庭を持っているから、ただ集まるだけでも容易ではない。

そこで、ひとまず本葬は近親者のみを集めて本日、大神家のお屋敷にて執りおこなわれる運びとなった。導師は父、真海。そして私、一海《いっかい》も脇師としておともすることになったというわけである。

「しかし、慎之助さんも残念だったね。若い奥さんをもらって、まだ五年かそこらでしょう」

私がアクセルを踏みながら言うと、真海は《何がね》と切って捨てた。

「あん人は早《はよ》うに奥さんば亡くして、自分も十年も前から肝臓に病気抱えとったとよ。後妻もそれ知っとって慎之助さんに近づいたっちゃけん、最初から亡うなる前提で結婚したようなもんたい。憐れむ気にもならん」

要するに、後妻は財産目当てで慎之助と結婚した、と言いたいわけか。慎之助は余生を実の子よりも若い女性と過ごす権利を得、引き換えに後妻は慎之助の遺産を相続する。それで当人たちの利害が一致したのなら、少なくとも第三者の真海や私がとやかく言える筋合いではないけれど、眉をひそめたくなる父の気持ちも正直わからないではない。

とはいえ——私はハンドルの上で手を組み、ため息をついた。

否《いや》が応でもこれから、その後妻とやらに会うのだ。喪主でもあるのだからひととおり言葉を交わさずには済まないだろうに、面と向かう直前によくない印象を吹き込まれては、先入観が態度に出てしまわないか心配だ。むろん私も道然寺の僧侶だ、あらためて聞くまでもなく檀家の動向について知ってはいたが、せめて今日くらいはその話も忘れ、束の間に終わった結婚生活を憐れんでおきたかった。

「まぁ、大人になったランがある日突然、私よりもはるかに歳上の彼氏を連れてきたら、やっぱりちょっとショックだろうなぁ」

後妻のことを忘れるために私は、道然寺に住まう中学生の《娘》の名前を出した。ちょうど昨日、異性の友人を寺に連れてきたばかりだったので、そんな想像がふくらんだのだ。

ほんの軽口のつもりだったが、父には思いのほかこたえたらしい。わざとらしくひとつしわぶくと、そう言えば、と逃げるように話題をちょっとずらした。

「今朝、納骨堂の近くで夕筑中学の男ん子を見たばい。たぶん、昨日ランが連れてきた子やなかろうか」

「納骨堂の近くで?」

私は助手席をちらと見る。父は前方を向いたまま、こくんとうなずいた。

「お参りが来たけん納骨堂の鍵を開けよったらくさ、向こうの角からひょっと顔を出したけん、魂消《たまが》ったばい。昨日来た男ん子はようと見とらんけんわからんばってん、玄関に靴があったのはわしも見とろうが。同じ靴ば履いとったけんね」

道然寺は境内に離れの納骨堂を構えており、そこにお参りしたいという方が来ると、寺の者が入り口の鍵を開けにいかなくてはならない。以前は入り口を開放していたが、防犯上の観点から現在では原則、人の出入りの多い盆や彼岸などの時期を除いて常時施錠している。

そして、夕筑中学は当寺もその校区内に位置する、最寄りの中学校である。寺の正面の歩道が通学路に使われているので、夕筑中の生徒なら朝な夕なに山と見かけるし、境内まで入ってきてしまう生徒もべつだんめずらしくはない、のだが――。

「今日は、土曜日だよね」

私の言葉に、父はそうたい、と応じる。

「でも制服やったけん、部活やらで学校に行く途中やったたっちゃろ。わしが『おはよう』って声かけたら、ぴょこんと頭だけ下げて帰っていったもん。肩落としとる感じに見えたけど、何しに来たっちゃろうね」

「もしかして、ランをデートに誘い出すつもりだった、とか。でも先に怖い《父親》に出くわしたから、やむなく退却した」

これも本気ではなかったが、父はまたしてもしわぶきをはさみ、反論する。

「昨日も寺に来とるとに、何をいまさら逃げ帰ることがあるとね。だいたい、それなら制服じゃ来んやろうもん」

「デートの行き先が、学校だったのかもしれないじゃないか」

「あの引きこもりのランが、休みの日まで学校に行くわけがなか」

父は私の話を信じないというより、信じたくないといった風情だ。もっとも、私も父の意見には同感である――毎日、真面目に学校へかよっているランをもって、《引きこもり》呼ばわりはあんまりだとは思うが。

男子生徒の目的にならこ心当たりがないでもなかった。自由恋愛の兆しさえ許さない、極端な《娘》思いの父をもてあそぶのはやめにして、まずはそれを伝えてみることにする。

「あの男子、これまで寺というものに入ったことがないからって、昨日ランに頼んでうちの寺をあちこち案内してもらってたみたいだよ。人に頼みごとをされると断れないどころか、嬉々として引き受けるランのことだからね。寺の中だけじゃ飽き足らず、納骨堂まで案内してた。――となると男子は昨日、おそらく寺を出たあとにでも、落とし物をしたことに気づいたんじゃないかな。けれどもそのころにはもう暗くなっていたから、今朝、陽が昇るのを待って、納骨堂のまわりを捜してたんだ」

昨日の夕方、納骨堂の引き違い窓のすりガラス越しに二つの人影が揺れていたのを、私は外側から目撃していた。窓枠に収まる上半身は明らかに、ランと男子生徒のそれだったし、ラン本人にもそのことを確認してある。

「納骨堂らへんに落としたと思ったなら、普通は中まで入れてもらって捜すっちゃないと」

父は異を唱えたが、その点については考察済みだった。

「その落とし物を、納骨堂を出るまでは持っていたという確信があれば、納骨堂のまわりだけを捜すんじゃないかな。現に昨日の夜、私が納骨堂を見回ったとき、中には何も落ちてなかったしね」

納骨堂は毎晩、私が見回ることにしている。中央に設置してある賽銭《さいせん》箱の中身や、各檀家の納骨壇にお供えされた小銭を回収したり、お参りに来た方が開けっぱなしにした窓を閉めたりするためだ。なので、もしそのとき何かが床に落ちていれば、間違いなく気づいたはずである。

「そうして彼は納骨堂のまわりをひととおり捜し終え、父さんと遭遇したのをしおに引き上げたんだろう。父さんの言うとおり肩を落としていたのだとしたら、見つからずにあきらめたんじゃないかな」

「そげなことな。わしも男ん子が出てきたほうば見てみたけど、何も落ちとらんやったごたぁ」

すんなり納得した父に私が、きっと帰り道ででも落としたのだろうねと言いかけた、そのときだ。

「──一海さん、それ本気で言ってるの」

静かだった後部座席から、出し抜けに声が発された。

ルームミラーを一瞥《いちべつ》し、私は答える。

「もちろん本気だけど。何か、おかしなこと言ったかな」

すると彼は、いかにも人を小馬鹿にしたように、口元をにやりとゆがめた。

「ふん。ランがお人よしに育つわけだよ。つくづく一海さんとよく似てる」

そう言いながらもレンは、携帯ゲーム機の画面から目を離さない。

二

お寺という場所はしばしば、何か慈善団体や公共施設のようにみなされてしまうことがある。

たとえばよく、「税金を払わなくていいからうらやましい」と言われる。知人からひやかしで言われるぶんには気にも留めないが、そういうケースばかりではない。近場で催事などが開かれる際に、寺の駐車場に車を勝手にとめていく者がいる。これは檀家さんの迷惑となる場合もあるので、見かけると注意しないわけにはいかないのだが、そうすると逆上したドライバーに罵《のの》られることがあるのだ――税金も払っていないのだから駐車場ぐらい市民に開放しろ、と。

確かにお寺は檀家さんのお気持ちによって成り立っており、宗教法人としての収入――すなわち、宗教活動による収入に対しては非課税である。が、私のようにそこで働く人間の所得は、一般的な会社員の給与と同じ扱いであり、当然ながら所得税等の納税義務が発生する。したがって、われわれ僧侶も毎日のご飯を食べるため、そして税金を納めるために働かなくてはならないのであり、お気持ちといえども対価をいただかなければ運営できなくなる点では寺も企業と変わらない。《坊主丸儲け》などといってことさらに高収入であるよう言いはやされることもあるが、実際には専業でやっていけずほかの仕事と兼業する僧侶も多い。それなりに、世知辛《せちがら》い一面もあるのだ。

私の生家でもある道然寺はその点、檀家数が三百軒を上回り、父と私という二人の僧侶が専業でやっていけているので、お寺としては恵まれたほうかもしれない。

地図で見ると道然寺は、福岡県のちょうど真ん中を占める夕筑市の北部に位置する。夕筑は平成の市町村大合併の時期に三つの町がくっついてできた市で、県下の市町村でも五指に入る広さのわりに総人口は五万人程度。町を縦断する生活道路の周辺に郊外型の店舗が並ぶほかは、見渡せど山や農地や低い家屋しかない、言ってしまえば田舎町なのだが、車で高速道路を一時間も走れば福岡市街地に出られるという、それなりのアクセスの良さも備えていたりする。そんな立地は道然寺の檀家数の多さにつながる一方で、とかく檀家の所在地は広範囲に及び、法事や葬式のために北は山口県、南は鹿児島県まで出かけることもある。

境内に離れの納骨堂や駐車場を保有していることからもうかがえるとおり、道然寺は檀家数のみならず、土地の広さからもまずまずの規模と言っていい。ではそんな道然寺が、慈善団体のようにみなされてしまうと、時にどういうことが起こるか。

動物が捨てられるのだ。飼うための場所はあるわけだし、仏教寺院だからよもや殺生には至るまい。おそらくはそう考えたのであろう、こちらからすれば浅はかで薄情としか言いようのない元飼い主たちが、犬や猫の入った段ボールを境内にこっそり置き去りにしていく。そのたびに私たち寺の者は、里親探しに奔走するはめになる。寺で引き取ったことも皆無ではないが、そうするにも限度があるからだ。基本的に寺で飼うのは、最後の手段と考えている。

頻繁にあるわけではないが忘れたころにという頻度で、捨て犬や捨て猫を目にする。ごくまれにそれ以外の動物、ウサギやニワトリなんかが捨てられていたこともあった。だが――人の子が捨てられていたのは、あとにも先にも一度きりだ。

初夏の涼しい朝だった。発見したのは当時十六歳、まだ得度《とくど》つまり出家を経る前で《かずみ》と呼ばれていた時分の一海――すなわち、私だ。

そのころの私は、起き抜けに寺じゅうの雨戸を開けて回ることを日課としていた。母屋から廊下を渡った先にある本堂に入り、内部を突っ切って木製の雨戸を横に引いたとき、庇《ひさし》のかかる縁側の隅に、朱色の毛布が打ち捨てられているのを見た。

初めは不法投棄かと思った。本堂正面の階段に置いてあるつっかけをはき、ぐるりと外を回ったのは、ゴミ捨て場へ運ぶのにそのほうが都合がいいと考えたからだ。ところが近づくにつれ、毛布が箱のようなものにかけられているのが見えてきた。中に何かが入れられている。そう確信したときにはもう、毛布に手が届く場所にまで来ていた。

嫌な妄想が頭を満たした。誰かを呼びにいきたい衝動に駆られるが、そこはそれ、若い男としての意地や見栄といったものが許さない。鬼が出るか仏が出るか、私はこわごわ指先を近づけ、毛布の端をつまんでひと思いにばっとめくった。

そこに、玉のような赤ん坊がいたのだ――しかも、二人も。

あのとき私を襲った感情は、振り返っても名状しがたい。赤ん坊が生きているとひと目でわかったので恐怖はなかったが、全身が硬直して声も出せなかった。視線がくくりつけられたみたいに逸らせないので、あきらめて箱に入れられた赤ん坊をじっと観察していたことを憶えている。くしゃっとつぶれたような顔からは生後間もないことが見て取れ、少しやせている気がしたものの血色はよく、二人ともちゃんと紙おむつをしていた。法被《はっぴ》のような形状の新生児用の肌着はおさがりなのか少し黄ばんでいて、よく見ると片方の子の、肌着の打ち合わせの部分に、折りたたまれた紙がはさまっていた。

その紙をつかもうとして、私の体の硬直は自然と解けた。手に取って広げるとそれは便箋で、赤ん坊を置き去りにしていったとおぼしき人からの、とても簡潔な言葉が記されていた。

〈女の子はラン、男の子はレンといいます。今年の四月八日に誕生した双子です。どうしても育てることができません。どうか、この子たちをよろしくお願いします〉

状況を呑み込んだ私は急いで家族を呼びにいき、それからは火のついたような騒ぎになった。警察に届け出るとすぐに実の親捜しが始まり、同時にマスコミにも知られ、報道もなされたが結局、双子を置き去りにしていった親は見つからずじまいだった。ひとまず寺の者で赤ん坊の面倒を見ながら、児童福祉施設ともやりとりをして、いよいよ施設にあずける方向で意見がまとまりつつあった、そのときだった。

「こん子らはうちで育てればよか。おまえたちが、家族になってやりんしゃい」

真海が突然、そんなことを言い出したのだ。

当時、道然寺には私と父のほかに二人の姉、すなわち窪山家の次女と三女が住んでいた。前の年に母が病に倒れ、慌てた長女が母に花嫁姿を見せたいと縁談をまとめて他寺に嫁いだ結果である。母は長女の結婚式には出席したが、それからほどなくして帰らぬ人となった。六人だった家族は四人になり、ただでさえ広く隙間の多かった寺の中は、まるで穴でも開いたみたいにがらんとしてしまった。

だから、父はあんなことを言い出したのだろう。寂しかったのだ。あまりに寂しいことが続いたので、どこの子かもわからない双子の赤ん坊が、見えない穴を埋めてくれるかもしれないという希望にすがったのだ。その後、父は私たちきょうだいやその他の関係者に有無を言わさず双子を養子に迎え、再び六人に戻った家族は以前のように、いや以前にも増してにぎやかになった。

――早いもので、あれから十四年が経つ。その間にも私が東京の大学で仏教を学んで帰り、残る二人の姉がそれぞれ一般の男性と結婚するなど、家族の増減はあった。双子のランとレンは元気に育ったが、当たり前に両親のいる家庭ではなかったので、真海や私たちと血のつながりがないことは早くから理解していた。歳の離れた末の子であるとも、三世代目つまり真海の孫とも割り切りがたい関係性のもと、双子は彼らなりに家族の絆を、私たちとのあいだに見出してきたのではないかと思う。

父は最近、週末などにレンを仕事に連れていくよう、私に言いつける。次に道然寺を継ぐのは長男の私だと思われるが、ゆくゆくはレンにも寺を手伝わせようと考えているのか――そのことについて問いただすと、次のような答えが返ってきた。

「坊さんっちゅうのがどういう仕事かその目で確かめんと、本人にしてみりゃあ、やりたいかやりたくないかもわからんやろうもん」

その答えを聞いて私は、レンが坊さんになると言い出すことを父は待ち望んでいるのでは、という気がした。

現在、レンは中学二年生。多感な年ごろであり、素直なランとは違って反抗期真っただ中だ。元々いわゆる捨て子であることをやや卑屈に受け止めているきらいがあったのだが、近年ではそれに他人の言動を悪意をもって解釈する傾向が加わり、ますます気難しく感じられるようになった。ランを除けば窪山家でもっとも歳が近く、大学生活のあいだに染みついた東京の言葉をうつしてしまうほどレンに慕われていた私ですらこのところは、彼は何を考えているのだろう、と首をひねる場面も少なくない。

それでもレンは、法事などに出かける私がついてくるようにと誘うと、ぶつぶつ文句を言いながらも逆らわない。それが真海の意向であることを、彼は理解しているからだ。真海の一存で道然寺に引き取られ、少なくとも物質的には不自由のない暮らしをしてこられたことに、彼なりに恩義を感じているらしい。それにともなう子供らしからぬ遠慮も、やはり幼いころからずっと続いているようだ。

レンたちが息苦しさを感じずに済むよう、この十四年間、私も自分なりにいろいろ考えながら接してきた。正しかったかどうかの判断はいまだつかないが、双子との生活を子育てと呼ぶのなら、それは子を持ったいかなる家庭においても同じことだろう。この先彼らが大人になるまで、いや大人になってからも、そうした自問は絶えずつきまとうに違いない。

双子を発見したときには高校生だった私も、今年とうとう三十歳を迎えた。そしてあのとき生まれたてだった双子はもうじき、私が彼らを発見した年齢になろうとしている。

三

「どういうことだ、レン。おまえ、何か知っているのかい」

変わらず車を走らせながら、私は後部座席のレンに訊ねた。今朝、真海が目撃したという男子の話である。

ゲームがうまくいかなかったのだろう、レンはクソ、とつぶやいたあとでようやく顔を上げた。切れ長の目が、ルームミラー越しに私を見つめている。全身に黒めの服をまとっているのは、行き先が葬式だからという配慮だけではない。彼はとりわけ黒を好み、明るい色の服はあまり着たがらないのだ。

「結論から言うと、そいつ、お賽銭を盗みにきたんだよ」

「お賽銭を？」

「たぶん、納骨堂ってところにはお賽銭があることを知って、寺住まいのランに取り入ったんだろうね。同性のオレに頼まなかったのは、お人よしのランとは違って断られることが目に見えてたから」

確かに納骨堂には賽銭箱があるほか、お参りにきた方が納骨壇に小銭をお供えしていくことも多い。しかし――。

「昨日、彼は納骨堂に入ったんだろう。どうしてわざわざ今朝になって盗みにくる必要があるんだ」

「そりゃもちろん、昨日はランがそばにいたからだよ。いくら人を疑うことを知らないランでも、一応は寺の子だからね。さすがに賽銭泥棒を見逃すほど間抜けじゃない」

とはいえ納骨堂には鍵がかかっている。それは昨日、ランと一緒に納骨堂へ入った男子にもわかっていたはずだ。

その点について訊ねると、レンは車窓に横目を投げた。

「内側から、窓の鍵を開けておいたんじゃないの。そうしておいて、あとで悠々と盗みに入るつもりだった。一海さんが毎晩、きちんと見回りをしているとも知らずにね」

つまり男子は、ランがそばにいては賽銭をくすねることができないと悟って日を改めることにし、侵入できるように納骨堂の窓の鍵を開けておいたというわけか。

「そういや昨日、私が納骨堂を見回ったときに一ヶ所、窓の鍵が開いているのを見つけたな……でも、それならどうして朝を待って盗みに入ろうとしたんだろう。夜のうちのほうがよっぽど、誰かに見つかる心配もなく安全にやり遂げられそうなものだけど」

やっぱり部活に行くついでだったのかな、と私が言うと、レンはまたしてもふんと笑った。

「わかんないんだ、一海さん。ものすごく単純な理由だと思うけどな。単純だけど、中学生の男子にとってはそれなりに切実で、くだらない理由」

「くだらない理由？」

「怖かったんだよ」

嘲笑がたっぷり含まれた声音で、レンは答えを教えてくれた。

「昨日、あいつが帰るころにはもう、陽が暮れかかってたはずだから。場所が場所だしね、真っ暗な納骨堂に忍び込むことが怖くてできなかったんだ」

「賽銭泥棒やら罰被《ばちかぶ》りなこと企んどるのに、幽霊ば怖がっとったとか。子供の考えることはわけちゃわからんな」

真海が口をはさんだ。レンはなおも嘲笑をやめない。

「ほんと馬鹿だよね、うまくいくわけないのに。中学生の考えることなんてしょせん、その程度のものさ」

「だけど、それなら制服を着ていたのは……」と私。

「あいつ、部活なんてやってないんだよね。今朝みたいに見つかったとき、何かしら言い訳しやすいように着ていっただけじゃないかな」

レンいわく、その男子生徒が学校でランと親しくしている場面など見たこともないそうだ。お寺を案内してほしいと言い出すこと自体、不自然だったのだ。が、お人よしのランはこれを受け入れ、逆にレンはそこに潜む悪意をあっさり見抜いてしまった。実の双子でありながら、きわめて対照的な二人である。

「何ならいまから確かめてみる？『おまえ、お賽銭盗むつもりだったろ』って。電話番号くらい、調べればすぐにわかると思うけど」

自身のスマートフォンを取り出したレンを、私は制した。

「いいよ、そこまでしなくても……被害はなかったんだし。向こうもどうせ、正直に白状なんかしないさ」

「ちぇ。納骨堂にビビってたくらいだから、お賽銭を盗もうとした人はお祓《はら》いしないと祟《たた》られるとか、適当なこと言えば認めると思うんだけどな」

レンは残念そうにスマートフォンをしまう。罰被りなことではレンもその男子に負けていないな。私はハンドルから離した手で眉根を揉んだ。

「ほら、着いたばい。それが大神さんとこのお屋敷たい」

運転している私にではなく、レンに向かって真海が言う。私は屋敷の門に車を、左折でゆっくりと滑り込ませた。

大きな平屋の純日本家屋のまわりにはすでに弔問客が集まっていた。近親者のみとはいえ、決して少ない人数ではない。それでも来訪者の車がすべて敷地内に、何の混乱もなく収まっているあたり、資産家大神一族のスケールの違いを思い知らされる。人が集まることを想定して建立されたはずの道然寺の敷地よりもはるかに広い。

真海が昨日の通夜の際に指示されたという、庭の所定の位置に車をとめた。そばに立つ松は葉がきれいに切りそろえられ、手入れが行き届いていることがうかがえる。

「――どうもどうも。和尚《おしょう》さん、お待ちしておりました」

車を降りたところで、人のよさそうな大柄の男性が迎えにきてくれた。大神家の長男、慎太郎《しんたろう》である。きっちり喪服を着込んでいるが、暑いのだろう、ハンカチでしきりに禿頭を拭いている。その表情は柔和で、さほど気落ちしているようには見えなかった。

「このたびは……」

面識はあるが、慎之助が亡くなってからは初めて顔を合わせる。私が頭を下げると、慎太郎はこれはどうも、と軽く受けた。

「なに、そんなに気を遣わんでください。親父はもう長いこと体が弱ってて、いつ逝ってもおかしくない状態でしたからね。特にこの二年ほどは始終介添えが必要なほどでしたし、われわれ子供としても、心の準備はとっくにできていたつもりです」

その言葉は本心だろう。現在の慎太郎からは、愛想笑いを浮かべる余裕すら見て取れる。だが、もしかすると彼は、あとになって実の父を喪《うしな》ったことの大きさを、重みを思い知ることになるかもしれない。そういう人を、これまでに何人も見てきた。

慎太郎の案内にしたがって進むと、鯉が泳ぐ池のある庭に向かって張り出した縁側の前に、受付があった。奥の座敷に祭壇が設けられており、私たちはそこでお経を読むことになっている。

「住職さま、本日はよろしくお願いいたします」

真海の姿を見つけて真っ先に近寄ってきた女性がいた。和装の喪服が似合わないほど派手な印象を受けるその顔に、見覚えはなかった。絹のハンカチを口元に当てた姿はいかにもしおらしい。

「こちらが、幸代《さちよ》さん」

真海は私に、彼女を一言で紹介した。名前を聞いてわかった。彼女が今回の葬儀の喪主であり、亡くなった慎之助の後妻だ。四十代後半の慎太郎より若く、まだ三十代である。夫である故人とは倍ほども歳が離れていたはずだ。

幸代はこちらにもあいさつしたものの、その後はほとんど真海とばかり言葉を交わしていた。大神家の法事はいつも、真海がこの屋敷に出向いておこなっていたから、幸代としても初対面の私とはどう接したものか、わからなかったのかもしれない。

所在なくなった私は、隣に立つ慎太郎に訊ねる。

「あちらの女性は？」

受付では、中年の女性がひとりで弔問客に応対していた。記帳を促し、受け取った香典袋を、椅子に座ったまま腰を曲げてどこかにやっている。受付の長机は前面に白い布が張り渡されているので、その陰で見えないがおそらく、香典袋をまとめて入れておく箱か何かがそこに置いてあるのだろう。

真海と幸代のやりとりを無言で見つめていた慎太郎は、我に返ったように受付を見やり、答えた。

「あぁ、あれはお手伝いの水上泰恵《みずかみやすえ》ちゃん。今回の葬儀はなるべく身内だけで回そうということで、葬儀社には祭壇と火葬の手配を頼んだ程度なんです。近親者のみとさせてもらっているので弔問客もそう多くはありませんから、受付は泰恵ちゃんがひとりでやってくれることになってて。その他の縁故者に関しては、後日あらためて開かれる予定の、儀式をともなわないお別れ会に参加していただきたいと思っています」

幅広い交友関係があったであろう慎之助のこと、いささか特殊だとは思うものの、遺族が望めばそういう形の葬儀もありうるだろう。それはよいのだが、慎太郎がお手伝いの泰恵のことを《ちゃん》づけで呼ぶのには違和感を覚えた。失礼だが見たところ泰恵は、そうすることが自然な年齢にも見えない。

彼女の喪服は洋装である。しかし幸代や慎太郎の衣装に比べれば、ずいぶん質が劣るように見受けられた。目は落ちくぼみ、ほうれい線が目立ち、ひどく憔悴《しょうすい》した様子で何とか受付の業務をこなしている。

私の疑問を察してか、慎太郎は続けて言う。

「泰恵ちゃんはぼくの同級生で、その縁もあってうちで働いてもらっているんです」

聞くところによると、泰恵は小学生の息子と二人で住んでいる夕筑市内のアパートから、大神家の屋敷へ毎日かよっているらしい。五年ほど前に夫と離婚したのち、母子家庭で苦労していることを聞き知った慎太郎が口添えした結果、二年前に慎之助の意向で、大神家に雇い入れられることとなったのだそうだ。

と、ここまで話したところで慎太郎が、にわかに声を潜めて私に耳打ちをした。

「というのも二年前にはもう、幸代さんは親父の面倒をろくに見てくれなくなっていましたから。その点、泰恵ちゃんは親父が亡くなるまで甲斐甲斐《かいがい》しく世話をしてくれて、彼女のほうがよほど奥さんらしかったくらいですよ。幸代さんは泰恵ちゃんのことあまりよく思ってなかったみたいだけど、親父がすっかり気に入ったんで、泰恵ちゃんをやめさせなかったんです」

その慎之助が亡くなったとあっては、泰恵も早晩、大神家を追われるのだろう。元の苦しい生活に戻ってしまうかもしれないわけだ。

「慎之助さんは泰恵さんに、何か遺されたのですか」

口に出してから《しまった》と思った。その言葉はあまりに露骨だ。僧として、というより人として不適切である。ださいわい、泰恵に同情的な慎太郎は気を悪くしなかったようだった。

「あるとき親父と遺言の話になりましてね。泰恵ちゃんのことも書いとけよってぼくが言ったら、親父は言われるまでもない、と返事をしたんです。けれども残念なことに、遺言そのものが探しても見つかりませんでした」

「見つからなかった？」

「いや、どこまで本気だったか知れませんよ。親父も晩年は耄碌《もうろく》してましたし、だからこそ幸代さんといきなり結婚なんかしたわけですしね。でも、遺言くらいは作ってあるに違いないと思ってたんだけどなぁ……遺産相続で子供がもめることとか心配しなかったんですかね、うちの親父は」

反応に困り、私は頰をかいた。何気なく振り返ると、黙ってあとをついてきていたレンがひどく退屈そうにしている。大人の会話になどまるで興味を持てないでいるのは、この歳の子供にとってはごく自然なことだ。

「では、準備もありますのでそろそろ……」

私が言うと、慎太郎は慌てたような仕草を見せた。

「そうですよね。すみません、こんなところで引き止めちゃって。ささ、どうぞこちらへ」

それから私はまだ幸代と会話を続けていた父に声をかけ、慎太郎の先導で大神家の屋敷に足を踏み入れた。

四

慎太郎は私たちを、屋敷の隅にある和室へ通した。ここを控え室として使っていいそうだ。あらかじめエアコンを入れてくれていたらしく、とても涼しい。

「では、ぼくは受付のほうに戻りますね」

そう告げて慌ただしく慎太郎が閉めていったふすまは、十秒とおかずに再び開かれた。私たちは用意されていた座布団に腰を落ち着ける暇もなかった。

「住職さん、ようこそお越しくださいました」

一礼して和室に入ってきた人たちとは、私も面識があった。先頭に立ちふすまを開けたのは、大神家長女の薫子《かおるこ》。大きな声と恰幅《かっぷく》のいい体格、男性のように短くした髪に豪胆な気風がにじみ出ている。その後ろで目を潤ませ悄然としているのは次女の桜子《さくらこ》だ。薫子とは対照的に細身であり、醸し出す空気は女性的でいかにも神経質そう。この二人はともに慎太郎の姉である。慎太郎は私と同様、複数の姉を持つ長男というわけだ。

さらにその奥には、次男で末っ子の慎二郎《しんじろう》がいた。せわしなく視線を泳がせており、とらえどころのない人という感じがする。兄と違ってたっぷりある髪を長くした装いもどこか浮世離れしていた。きれいに個性の分かれた四きょうだいだな、と私は感心したが、やはり私も窪山家の、それぞれに個性的な四きょうだいの一員である。してみると、家族の構成員がそれぞれに役割を受け持つ中で、ひとりとして似ずに育つのは普通のことなのかもしれない。

「お忙しいでしょうに、わざわざごあいさついただき申し訳ないことですな」

真海が恐縮してみせるが、薫子はお構いなしに座卓のそばへ座り、私たちにお茶を淹れてくれた。

「幸代さんがすべて取り仕切ってるから、手持ち無沙汰なくらいですわ。わたしたちきょうだいはみんな離れて暮らしておりますもので、この家の勝手がわかりませんの」

生家について語るにしては、ずいぶん他人行儀だ。半分は幸代に対する嫌味だろう。

「とはいえ父が亡くなった以上は、長男の慎太郎がじきに地元へ帰ってくることになるのでしょうけれど。――おぼっちゃんもお茶でいい？」

声をかけられ、レンは小さくうなずいた。長きにわたり道然寺の檀家であるので、大神家の人々はレンのことを、複雑な事情も込みで知っている。彼がここにいる理由に関して突っ込んだ質問をしないのは、やはり遠慮があるからだろう。

「では、葬儀は一時からの予定ですので。それまでどうぞごゆっくり」

私たちがお茶にありついたところで、薫子は三つ指をついて頭を下げ、和室を辞した。ほかの二人、桜子と慎二郎も姉にしたがう形で廊下に出て、ふすまを閉めようとする。

その、閉まりきるかどうかというときだった。

「――姉さん、ちょっと」

バタバタと廊下を走る音に続いて、慎太郎の声がした。一番に和室を出た薫子にかけられたのであろうその声は、ひどく切羽詰まっているように聞こえた。

何となく気になって、私はふすまの隙間から首を突き出した。次女と次男の陰でよく見えないが、慎太郎が薫子に小声で何かを報告しているようだ。耳を澄ましてもその言葉は聞き取れなかったものの、さらに向こう、庭のほうが何やら騒がしいのはわかった。

それから四きょうだいは連れ立って廊下を駆けていった。私が和室に首を戻すと、真海はわれ関せずといった体《てい》で呑気に茶をすすっている。レンはもはや携帯ゲームにしか関心がないようだ。

「まだ少し時間があるから、いまのうちにトイレに行ってくるよ」

それは誰に宛てた言い訳だったのだろうか。何の騒ぎか気になった私は和室を抜け出し、ひとり声のするほうへ向かった。

縁側に到着するなり私は、飛んできた怒号に首をすくめることになる。

「――あなたがちゃんと見ていないからでしょう！」

厳粛なる葬儀の場だというのにいったい何事か。受付には泰恵が、消え入りそうなくらいに肩をすぼめて座っていた。その泰恵に目をむいている幸代を、慎太郎がしどろもどろになりながらなだめている。

「まあまあ幸代さん、少し落ち着いて」

「これがどうして落ち着いていられるの？　慎太郎さんも被害者なのよ。いますぐ警察を呼ぶわ」

「やめてくれよ。自分の葬式で警察沙汰なんてことになったら、親父も浮かばれない」

「――何があったんです？」

私は、数歩離れたところで様子をうかがう慎二郎に訊《たず》ねた。どちらかと言えば冷ややかな調子で、彼は答える。

「ぼくらきょうだいが渡したお香典の中身が、消えちまったっていうんです」

慎二郎の説明によると、泰恵は受付を務めているあいだ、弔問客から受け取った香典袋を足元の、上部の開いた半透明のプラスチックの箱に入れていた。その時点で中身は確認しておらず、事後に幸代がまとめて開封する手はずになっていたらしい。お金のことなので慎重になるのは当然だが、封筒の中身の確認まで幸代が単独でやろうとするとは、薫子が手持ち無沙汰だと嫌味を言いたくなる気持ちもわかる気がする。

ところが先ほど、あいさつのために受付の周囲をうろうろしていた幸代が、その箱を蹴ってひっくり返してしまった。泰恵と幸代とで散らばった香典袋を拾い集めていたところ、慎太郎の名が記された香典袋が不自然に薄いことに幸代が気づき、開けてみたら内袋が入っておらず、中身は空だった。念のため確かめてみると、慎太郎に加え慎二郎、薫子、桜子の名の入った香典袋のみ、内袋が抜き取られていた――。

「しかし、外から触っただけで、内袋が入っていないことになんて気づくものでしょうか」

私が最初に浮かんだ疑問を口にすると、慎二郎はここだけの話、と声を低くした。

「ぼくら四人は、お香典の額を十万円で統一しようということに決めていたんです。昨日そこの座敷に集まったときに、ごく普通に会話する中で決めたことですから、屋敷にいた人間は全員、知っていてもおかしくありません。おそらく幸代さんもそのことが頭にあったから、香典袋が薄すぎると思ったんじゃないかな」

なるほど。一万円札が十枚ともなれば、少しは厚みが出るだろう。手に持った感じでわかったとしても不思議ではない。また慎二郎の話によれば、四人の香典袋はすべて水引が印刷された封筒型のものではなく、外袋と内袋とに分かれた作りになっていたという。

「あなたの管理が甘いからこんなことになるのよ。慎太郎さんたちに申し訳ないと思わないの」

幸代はまだ腹の虫が治まらないらしく、十も歳上であろう泰恵を容赦なく叱りつける。近くで腕組みをしていた薫子が、自分が惜しいだけじゃないの、と小声で吐き捨てたので、なぜか私が咳払いをしてごまかした。

「すみません。わたし、さっきお手洗いに立ったから、そのときに盗まれたのかも……」

泰恵はすっかり青ざめ、自身の非を認める発言をしたが、ここぞとばかりに同級生の慎太郎が助け船を出す。

「いや、その間はぼくが受付にいた。幸代さんだってずっとこの辺にいたじゃないか」

けれどもそれは、さらに事態を悪化させた。幸代は突如、あざけるような笑みを浮かべて言い放ったのだ。

「じゃあ、泰恵さんが盗んだんじゃないかしら。これからも息子さんを育てていかなくてはならず、大変でしょうからね」

これにはさすがにまわりが黙っていなかった。中でも先陣切って幸代の前に飛び出し、彼女をきっとにらみつけたのは、つい先ほどまでめそめそ泣いていた桜子だった。

「言っていいことと悪いことがあるでしょう。謝りなさい」

「ふん、犯人じゃないってことをはっきり証明してくださったら、土下座でも何でもするわよ」

引くに引けなくなったのか、幸代も唾を飛ばして言い返している。

「わたしに盗めたはずがありません。わたし、ずっと受付にいて、まわりには常に人目がありましたから。四包どころか一包だって、水引を外して香典袋を開け、内袋を抜き取って元に戻す機会なんてありませんでした」

桜子があいだに入ったことで冷静になったのか、泰恵は自身にかけられた疑いをきっぱり否定した。だが、幸代も負けてはいない。

「どこかに隠し持っておいて、それこそお手洗いに行ったときにでも、内袋を抜き取ったんじゃないの」

「そいつは無理だ」慎太郎が再び、泰恵の援護に回った。「泰恵ちゃんは香典袋を受け取った端から、足元の箱に積み重ねていた。ぼくらきょうだいは全員、ほかの方が来る前に香典袋を渡したから、ぼくらの香典袋は箱の中でも一番底のほうに入れられていたんだよ。その時点で香典袋をくすねておいたのなら、半透明の箱が空であることに誰かしらがすぐ気づいただろう。そして弔問客が来たあとでは、ぼくらの香典袋はほかの袋の下敷きになっていたから、箱ごとひっくり返しでもしない限り取り出すことはできなかったはずなんだ」

泰恵がそんな怪しげなことをしていれば、ほかでもない幸代が見逃さなかっただろう。泰恵の無実は証明されたかに見えたが、幸代は意地でも認めなかった。

「よしんば泰恵さんが盗んだんじゃないとしても、きちんと管理できていなかったのなら同じことよ。とにかくその箱を渡しなさい。いまあるぶんだけでも、金庫にしまっておかないと気が気じゃないわ」

幸代はそう言って泰恵のそばへ行き、腰を落とした。周囲から丸見えだと具合が悪いからだろう、長机に張り渡された白い布の陰に隠れていたプラスチックの箱が、幸代に拾い上げられる。そして幸代が屋敷の奥へと姿を消し、長机の上には内袋が抜き取られたという、四包の香典袋だけが残された。何気ない動作でそれを手に取った慎太郎が、四つとも礼服の内ポケットにしまうのを私は見た。

「そろそろ時間だな。住職さんに、お願いしますと伝えてください」

慎二郎が、腕時計を見て私に告げる。遠巻きに騒動を静観していた弔問客たちもいつの間にか、座敷に敷き詰められた座布団に腰を下ろしていた。香典泥棒の件は結局、何ひとつ解決しないまま、十分後には同じ座敷にて本葬の読経が始まった。

五

長いクラクションの音が出棺を告げ、本葬は終了した。

霊柩車といえば、いまでも金の装飾が施された宮型を想像する人は少なくないだろう。しかし近年では、見かけると気が滅入るといった苦情が相次いだことなどから、宮型の霊柩車を目にする機会はめっきり減った。大神慎之助の亡骸《なきがら》を乗せたのもやはり一般の自動車と見分けがつかない洋型で、その車が門の外に出て見えなくなると、弔問客らは行列を乱された蟻のように散り散りに帰っていった。

「これからどうすんの」

気がつくと、庭に立つ私の背後にレンがいた。彼は葬儀のあいだじゅう、座敷の隅にさりげなく座って私たちの読むお経を聞いていた。さすがにゲーム機は控え室に置いてきたようだ。

「火葬をして収骨。それが終わったら、親族の方々が骨壺と一緒に帰ってくるから、初七日法要だよ」

火葬場へ向かう親族を見送りながら、私はレンに伝える。初七日法要は文字どおり、故人が亡くなってから七日目――亡くなる前日から数える地方もある――におこなわれる法要だが、親族らが間を置かず集まるのは難しいことが多いため、最近では葬儀の当日に併せておこなうのが一般的になってきた。

もっともレンも寺で育った子だ。続けて口を開くときの表情は、そんなことはわかってる、と言わんばかりだった。

「それは導師の話だろ。オレたちはどうするのかって訊《き》いてるんだよ」

「さぁ、どうしようか。私たちは帰ってもいいのだけれど、車が一台しかないからね。どのみちあとで住職を迎えに来なきゃならない。いっそ火葬場までついていって、見学させてもらうかい？」

導師である真海は火葬場にて、炉前《ろぜん》の読経を勤めることになっている。五分ほどで終わる短いお経だが、僧侶の仕事について知り始めたばかりのレンはまだ見たこともないはずだ。いい機会かもしれない、と考えたのだ。

レンは視線を斜め上にし、興味なさそうに答えた。「どっちでもいいけど」

付き合いの長い私にはわかる。これはイエスの意味だ。気乗りしないとき、レンははっきり断る。素直に《行きたい》と言うのが照れくさいので、こういう返事になるのだ。

私が喪主の幸代にその旨を伝えると、幸代は私とレンの同行を許可してくれた。火葬場へ向かうにあたり、大神家はマイクロバスなどをチャーターしていなかったので、各自の車に分乗して行くことになっていた。いきおい私とレン、それに真海の三人が、来たときと同じセダンに乗ることになる。

「それにしても、あの幸代さんの鬼んごたぁ形相は何ね。あれが旦那の葬式に出る顔か」

車を発進させたところで、真海は不満を爆発させた。直射日光に長時間さらされた車の中は蒸し風呂のようだ。その暑苦しさに、真海の怒気が重なる。

一部始終を話すと、彼はまず嘆息した。

「そげな話はもう聞きとうなか」

言われてみれば、賽銭泥棒の話をしたばかりであった。うんざりするのも無理はない。

「それでたい、長男さんがきょうだいば集めて変なこと言いよんしゃったもんね」

「変なこと？」

私が首をかしげると、父は出棺直後のことだと言った。

「大神さんの四きょうだいが、庭の隅で固まっとったとよ。何ばこそこそ話しよっちゃろかと思って近づいたらくさ、『いざとなったらぼくに話ば合わせちゃらんね』って、長男さんが」

それは聞き捨てならない台詞《せりふ》だ。

「そういや慎太郎さんが、問題の香典袋を懐にしまうのを見たよ。あれ、どうするつもりだったんだろう。ひょっとして、香典泥棒がどうやって内袋だけを盗んだのか、突き止めようとしていたのかも──」

そのときだ。ひとり後部座席に座るレンが、くすっと笑った。

「そんなの、何が起きたかなんて明らかじゃん」

「明らか……って、じゃあレンは何かわかったって言うのか」

私が驚いて訊ねると、レンは後部座席から身を乗り出す。

「一海さんはさ、ちょっと人と口利いただけですぐ、相手のこと信頼できそうだとか、人がよさそうだとか判断する節があるよね。違う？」

何だか侮《あなど》られている気がする。しかし心当たりがなくもなかったので、否定はできなかった。

「ランは一海さんのそういうところに、もろに影響を受けちゃってるんだよな。《寺の隣に鬼が棲む》って言葉があるの、知ってる？」

「よく知ってるな、そんな難しい言葉」

ごまかしは通用しなかった。私が意味を知らなかったことをやすやすと見透かし、レンは続ける。

「言葉のとおり、世の中には善人と悪人とが入り交じっているものだ、って意味。これからのランの教育のためにも、よかったら頭に叩き込んでおいてよ。つまりさ――」

三時間ののちには屋敷に戻っての初七日法要も済み、私たちはその日のお勤めを終えていた。

三人で車に乗り込み、エンジンをかけたところで私は、さもたったいま、もよおした風を装って言った。

「トイレに行ってくるよ」

腹の調子でも悪いとか、という父の言葉を背に受けながら、車を降りる。

今回の言い訳の対象ははっきりしていた。これから自分がやろうとしていることを父が知ったら、おまえは余計な口出しせんでよか、と怒られるに違いないからだ。だが、どうしても私は、香典泥棒の疑いをかけられた気の毒な婦人をほうってはおけなかった。

屋敷に戻ると、大神家の四きょうだいに幸代、そして泰恵を含む六人は全員、初七日の余韻で座敷に腰を下ろしていた。戻ってきた私の姿を見て、一様に目を丸くしている。

「みなさんにお話ししたいことがあって戻ってまいりました」

開口一番に告げると、桜子が座布団を勧めてくれた。合掌し、私も座る。何とはなしに、ほかの六人と車座のような形になった。

「話というのは、昼間の香典泥棒の件です」

その一言で、四きょうだいが互いに目配せをしたのを、私は見逃さなかった。

「犯人がわかったの？」幸代が真っ先に食いつく。

「はい。と言うより、犯人なんて初めからいなかったのです。――そうですね、慎太郎さん」

私の問いに、慎太郎は返事をしなかった。幸代は眉間にしわを寄せている。

「どういうこと？　現に内袋が消えてるっていうのに、犯人はいない、だなんて」

「昼間の会話にもあったとおり、今日の受付の状況では、香典袋をいったん開封して内袋だけを抜き取り、また元に戻して箱に入れておくことは誰にも不可能でした。取りも直さずそれは、そもそも内袋なんか入っていなかった、ということです」

つまり、慎太郎たち四人は、受付で空の香典袋を泰恵に手渡したのだ。しかも、前の日に香典の金額を統一する話をし、それを幸代に聞かせることで、彼女に疑いを持たれないよう計らうほどの周到ぶりである。

証拠はない。すべてはレンの憶測に過ぎない。だが、慎太郎は首肯した。

「和尚さんの言うとおりだよ」

幸代は何が起きたかわからないというように、ぽかんと口を開けている。

「ぼくら、裏で示し合わせて四人とも香典を包まなかったんだ。どうせ親父の財産目当てで後釜に入った幸代さんの懐に入る金なら、払う義理はないんじゃないかと思ったものだからね。ただ、正面切って払わないなんて言うのも、あまりに感じが悪いだろう? だから、盗まれたように見せかけることにしたんだ」

バレちゃしょうがないな、と芝居がかった口調で言い、慎太郎は笑った。彼がほかのきょうだいに、《いざとなったら話を合わせるように》と頼んでいたことは真海から聞いたが、あっさり認めたところを見ると結局は白を切るのをあきらめたのだろう。薫子、桜子、慎二郎の三人も、特に異論はないようで浅くうなずくなどしている。

「そんな……」

幸代はそうつぶやいたきり、言葉を失った。憤怒で顔を赤く染め、目尻にはうっすら涙を浮かべているようにも見える。慎之助との婚姻の時期を考えれば、彼女が四人の子たちによく思われないのは仕方のないことかもしれないが、それでも慎太郎らのやり方は卑劣で度しがたい。

幸代がひどく哀れに思えたものの、私は口をつぐんでいた。頭の中で父が、余計な口出しせんでよか、と私を叱りつけていた。

「あの――」

沈黙にたまりかねたのか、泰恵がおずおずと声を発する。けれども慎太郎が間髪を容れず手のひらを向け、彼女を制した。

「泰恵ちゃんは口をはさまないでくれ。これは大神家の問題だ」

「まいったな。あんなに早く、香典袋の中身が空だと騒ぎ立てられる予定じゃなかったものだからね。後日になって発覚すれば、何者かが盗んだことにするのはたやすいと思ってたんだけど」

慎二郎が髪をかき上げると、薫子も下唇を突き出す。

「別にわたしたち、お金に困ってるわけじゃないしねぇ。お香典はあらためてきちんとお包みしますから、それで許してはくれないかしら」

ところが幸代は無言で立ち上がり、畳を踏み鳴らしながら座敷を出ていってしまった。

私は一瞬、悪いことをしたかなと反省しかけた。しかし真相を知ろうと知るまいと、幸代が不快な思いを抱くことに変わりはない。

疑いをかけられた泰恵のためには、こうするしかなかったのだ。私は自分に言い聞かせながら彼女のほうを向く。けれども泰恵は私の発言によって救われたことに気づいた様子もなく、押し黙ったままで浮かない顔をしていた。

六

道然寺に帰り着いたころには夕食の時間が近く、炊事のいいにおいが玄関まで立ち込めていた。

「住職に一海さん、お疲れさまでした！」

陽気な声で迎えてくれたのは、お手伝いの古手川《こてがわ》みずき。肩まである髪を後ろでひとつに束ね、エプロン姿がさまになっている。

彼女は窪山家の遠縁にあたり、就職活動が実らぬまま短期大学の卒業を迎えたことなどを機に、今年の三月末より住み込みで働いてもらっている。ちょうどそのころ、長らく双子の母親代わりを務め、なかなか結婚したがらなかった窪山家の三女が、ついに嫁いで寺を出ていったので、道然寺の側でも家事や留守番といった雑務をこなしてくれる人手を欲していたのだ。寺での仕事はお金を扱うことも多いので、誰にでも任せられるというものではなく、その意味でも親族のみずきは適任であった。働き始めて約四ヶ月、これまで寺の文化に触れてこなかった彼女にとっては毎日が驚きの連続のようだが、明るくがんばってくれている。

「ビール、冷えてるよ。それともお風呂にする？」

新妻のようなみずきの台詞に苦笑しているうちに、真海がいち早く風呂場へ向かった。私はいったん自室に引っ込んで袈裟を脱ぐと、ポロシャツに短パンという格好に着替えて戻り、居間に続くふすまを開ける。

「――あら、一海さん。お帰りなさいませ」

涼やかな声がして、見るとそこにランの姿があった。

肩に流した黒髪、くっきりした眉、ノースリーブの白いワンピース。座布団の上で足を横にして座る姿には、とても十四歳とは思えない落ち着きがある。もしこれがよその子なら私は、彼女を表すのに《深窓の令嬢》という言葉を用いたくなっただろう。レンからは、私もろともお人よしと呆れられてしまうラン。幼いうちはとにかく臆病で、体もあまり丈夫ではなく、何かと自室にこもりがちだった。そんな性質がのちの人格形成に作用したのか、それとも学校を休んだ日にベッドで読んだ少女マンガや児童文学に影響されたのかは知らないが、気づくと身内にも丁寧語で接するような、お嬢さま然とした少女に育ってしまった。いまでは内向的な性格もずいぶん和らいだものの、基本的にインドア志向であることは変わらず、真海からは《引きこもり》とまで揶揄《やゆ》される。

レンが道然寺で拾われるまでの過程を深刻に受け止めているようであるのに対し、ランはむしろ拾われてからの経過に重きを置いているらしく、渡る世間に鬼はないとばかりに人の優しさを信じきっている。対照的だが、それでいて双子の仲はよく、互いに血を分けた唯一の存在であるからか、保護者という立場の私たちですら踏み込めない領域を、二人が持っているように感じることもしばしばだ。

「ただいま。もうすぐ夕食だよ」

ランが持っているものに目をやりつつ言うと、彼女はほんのり頬を赤くした。

「これは今日、檀家さんからいただきましたの」

その食べかけのお菓子は、さかえ屋の《なんばん往来》。バターの風味豊かなアーモンド粉の生地で、ラズベリージャムを包んだ福岡の銘菓だ。十センチに満たない楕円形のお菓子を両手に持って食べるランの姿はいじらしく、リスなどの小動物を連想させる。そばの座卓には、《御仏前》と記された熨斗《のし》のかかった、八個入りの平たい箱が置かれていた。

中学校には真面目にかよっているものの、ランの出不精はいまなお健在で、休日にはめったに外出したがらない。ところがそんなランがただひとつ、行動力を発揮する関心事がある――それが、お菓子だ。

お寺では法事のお供えやごあいさつなどと称して、とにかくたくさんのお菓子をいただく。しかも目的があって用意するわけだから、そうしたお菓子は往々にして値が張ったり味がよかったりする。そんなお菓子に物心ついたころから親しんでいるうち、ランの舌は年齢不相応に肥え、もっとおいしいお菓子はないかと飽くなき探求心を抱くまでになった。傍目《はため》にはいまもほっそりして見えるが、最近では体重が微増しつつあることが、思春期真っただ中の彼女にとって一番の悩みだそうだ。

「それで今日、レンは迷惑をかけませんでしたか」

非難したつもりではなかったが、夕食前にお菓子を食べていることを指摘され、それなりにきまりが悪かったのだろう。ランはなんばん往来の残りをさっさと頬張ってしまうと、強引に話を逸らした。

おとなしくしていたよ、と答えようとしたところに、レンも居間へ入ってきた。

「迷惑どころかオレ、遺族のトラブルを解決してやったんだぜ」

そう言って、レンは得意気に口の端を持ち上げている。

帰りの車中で私は、レンの推理を大神家の人々に伝えたこと、そして慎太郎らがそれを認めたことなどを話した。聞きながら真海は、何度かもの言いたげにため息をついたものの、すでに済んだとあっては詮ないことと思ったのか、出過ぎた真似をした私をたしなめはしなかった。

「遺族のトラブルって？」

興味を持った様子のランに、レンは香典泥棒の一件について詳しく話して聞かせた。ことの顚末《てんまつ》はほぼ私からの伝聞に相違なかったが、レンはまるで自身が体験したかのごとく鮮やかに再現してみせた。その途中、レンが何気なくなんばん往来をひとつ取って食べ始めたとき、ランがその顔にショックの色を浮かべたのを私は見た。まさか、八個すべて自分ひとりで食べてしまうつもりだったのか。

レンがひととおり話し終えたとき、ランは口をすぼめて意外なことを言った。

「あら。本当に、そのとおりだったのかしら」

私と目を見合わせたあとで、レンは彼女に問う。

「どういう意味だよ。そのとおりも何も、慎太郎さんたちが認めてるんだぞ」

するとランは上品な笑みを浮かべる。その表情に私はふと、弥勒菩薩《みろくぼさつ》のアルカイク・スマイルに見るような、普遍的な何かを感じ取った。

「レンはすぐ、誰もかれも悪者であるかのように考えるからいけないわ。憶えておきなさい、《仏千人神千人》という言葉を」

昼間のレンと似たようなことをのたまう。もっとも、その内容は対極といっていい。

仏千人神千人なら私も知っている――世の中には善人がたくさんいるものだ、という意味の言葉だ。

「いいこと、つまり香典泥棒は――」

続くランの話に、私とレンは絶句し、青ざめた。

みずきが夕食の肉じゃがを盛った大皿を居間に運んでくる。顔色の悪い私たちを見て空腹の限界とでも勘違いしたのか、ごめんなさいニンジンになかなか火が通らなくて、と涙目で謝った。

七

故大神慎之助の四十九日法要は、私が担当することになった。

それまでの追善法要は、別件で葬儀が入った二七日《ふたなのか》を除いて真海がひとりでおこなっていたし、本来なら故人が次の世に向かう日として特別な意味合いを持つ四十九日の法要こそ、住職が赴くべきであると言えよう。だが、ほかの法事と時間が重なったことに加え、私がどうしてもと希望したので、大神家にも承諾を得たうえで、その運びとなった。

大神家の屋敷には全部で十五人ほどが集い、その中には四人の子や幸代、そして泰恵の姿もあった。読経は平穏に進行し、居合わせた人々の表情もまた、葬儀の日に比べるとすっきりして見えた。四十九日はひとつの区切りだ。このあとも百箇日、一周忌、三回忌と法要は続くが、間隔はしだいに長くなり、そのつど人は心に整理をつけていく。

死後の世界を信じるとか信じないとか、そんなことは二の次だと思う。葬儀や法要は、遺された人たちのためにある。私はそう考えている。

ならば葬儀の日の出来事も、ここらで区切りをつけておくべきだろう。

法要が終わり、お斎《とき》――故人を偲ぶための食事の席――が一段落すると、私はある人を散歩に誘った。ほかの参列者に気づかれぬようこっそり声をかけたものの、まだまだ残暑の厳しい折、太陽がカンカンに照りつける屋外に出るとあってはいぶかられるに違いない、と私は考えていた。ところが意外にも、相手はどこか悟ったような表情で、わかりました、としたがうだけだった。

「大神家には、すでに勤めておられないのでしょう。もう、お会いできないかと思っていました。七日ごとの法要にも、お出でにならなかったそうですし」

門の外へ一歩踏み出したところで、私は前を向いたまま告げる。彼女がそこでふっと微笑んだのも、私にとっては意外だった。しかし考えてみれば、そもそも私は彼女のことを何も知らないのだ。

「よくおっしゃいますわ。和尚さんはわたしが来ると知っていて、四十九日の法要を買って出たのでしょう」

水上泰恵の声は実に穏やかだった。横目でうかがうと、頬骨のあたりが汗できらきらと光っている。

「どうだろう。会えるとしたら今日しかない、と思っていたことは確かですが」

「慎太郎くんが誘ってくれたんです。ぜひ息子さんも一緒に、と」

彼女の小学生の息子は今日、母親とともに法要に同席していた。お斎の場では慎太郎らに囲まれ、はきはきと質問に答えながら楽しそうにしていた。だから私も安心して、彼を残し泰恵だけを連れ出したのだ。

「七日ごとの法要に来られなかった、あなたの気持ちはわかりますよ。故人やご遺族に合わせる顔がなかったのでしょう。慎太郎さんたちのお香典を盗んだのは、あなただったのですから」

先送りしても仕方がないので、私は単刀直入に切り出した。泰恵は返事をする前に一度、息を深く吐き出した。

「いつから気づいていらしたんですか」

「葬儀の日の夕方。私がみなさんの前で誤った推理を披露したあとのことです」

やはり、ランの指摘は正しかったようだ。私はその内容を忠実に、泰恵に伝える。

「もし慎太郎さんたちが受付で空の香典袋を渡していたのなら、盗難に見せかける必要があったはずです。この点については慎二郎さんも、『後日になって発覚すれば、何者かが盗んだことにするのはたやすいと思ってた』と発言していましたね」

泰恵が小さくうなずく。

「しかし、香典袋の中身が空だということに幸代さんが気づいた時点でも、香典泥棒の仕業にすることは可能でした。なぜなら、あなたがトイレに行くために受付を離れていた時間があったからです。その間お香典を入れた箱に対する監視の目はなかったわけですから、盗難が発生したのだと慎太郎さんたちが訴えても、それを否定できる人はいなかったでしょう。ところが実際には、慎太郎さんは幸代さんからなじられるあなたをかばってこんなことを言っている——その間はぼくが受付にいた、とね。つまり彼は架空の香典泥棒をでっち上げる最大のチャンスを、みずからふいにしていることになるんです」

レンから推理を聞かされたときに、私はその矛盾を見抜かなくてはいけなかった。初七日法要後の座敷で私がなしたことは、実際以上に幸代を孤立させ、泰恵から懺悔《ざんげ》の機会を奪うという、とんでもない勇み足だったのだ。

「あらかじめ香典の額を幸代さんに聞かせるなど周到だったはずの慎太郎さんが、そんなへまをやらかすわけはありません。ということは、前提が間違っていたことになる――すなわち、慎太郎さんたちはちゃんと中身の入った香典袋を渡していた」

屋敷の外周に沿って、私たちは陽光の降り注ぐアスファルトの道を歩く。二つの短い影が、はたから見ると焦れるような速度でゆっくり進む。

「ところで香典袋というのは、基本的にどれも似かよっていますね。むろん、水引の色が白黒か銀かといった点や、外袋の包み方などに細かい違いは見られます。が、用意した本人でもない限り、そうした微妙な差異に気づくことはないでしょう。私が何を言わんとしているか、おわかりですね――香典袋は、偽造がきわめて容易なのです」

偽造というのは大げさかもしれない。要は、表書きと会葬者の名前さえ記しておけば、本人以外には本物か偽物かの区別がつかない、ということだ。

本葬の前日、慎太郎ら四きょうだいは座敷で、香典の金額の相談をした。それを耳にした泰恵は、元々受付をひとりで担当する予定だったことも手伝ってか、彼らの香典を盗むための計画を思いついた。

彼女はまず、香典袋を四枚用意し、それぞれに大神家のきょうだいの名前を書いた。全員が既婚者なので夫婦連名にしたり、四枚とも異なるデザインのものを選んだりといった配慮はあったかもしれないが、いずれにせよ本人にさえ見られなければ偽物だと発覚する危険性は低いので、このあたりに深くこだわる必要はなかったと思われる。

「本葬の当日、あなたは用意した四人分の偽の香典袋を、ポケットなどに隠し持っておいた。そして慎太郎さんたちから本物のお香典を受け取ると、足元の箱にしまうふりをして、偽の香典袋とすり替えたのです。長机には前面に布が張り渡されていたので、腰を曲げればその陰に隠れられましたからね。死角を利用して香典袋をすり替えるのはさほど難しくなかったでしょう」

偽物を用意したのは、もし単純に香典袋をくすねた場合、半透明の箱の中身を誰かに見られたら怪しまれかねないからである。四きょうだいは前日にも屋敷に集合していたので、早めに香典を渡すことは予想できた。ある程度香典袋が集まってからならともかく、まだ少ない状況で箱の中にある香典袋の数が減っていれば、誰かしらが異変に気づくかもしれない。偽の香典袋を代わりに入れておけば、その心配はない。

加えて泰恵は、香典の受け取り主である幸代が、後日すべての香典袋をひとりで開封するつもりであることを知っていた。順当にいけば、香典の中身が空であることはそのときまで発覚しないはずだったし、そのころには四きょうだいも遠く離れた自宅に戻っているから、たとえ騒ぎになったとしても彼らが偽の香典袋を目にする可能性は高くない。となると幸代は見ず知らずの香典泥棒の仕業だと受け止めるだろうし、その犯行のタイミングは本葬の日から香典袋を開封する瞬間にまで広がり、しぼりきれない。したがって、泰恵ひとりが格別に疑われるおそれもなくなる――泰恵はそのような、私から言わせればあまりにも甘い見通しを持っていたのだ。

「あなたは本物の香典袋を隠し持っておき、お手洗いへ行った際にどこか安全な場所へ移しておきました。ここまでは計画どおりだった——ところが直後、予期せぬ事態が起こります。言うまでもなく、幸代さんが箱をひっくり返してしまったことです」

幸代は香典袋の異変に気づき、騒ぎを聞きつけた慎太郎たちが受付に集まってきてしまった。彼らの目に触れれば、香典袋が偽物であることはまず隠しおおせない。泰恵はさぞ肝を冷やしたことだろう。

「ところが奇妙なことに、香典袋が偽物であると慎太郎さんたちが指摘することはありませんでした。幸代さんが半透明の箱を抱えて姿を消したのち、問題の香典袋をさりげなく回収する慎太郎さんの姿を、私は目撃しています。あのとき彼は、それが自分で用意したものとは異なることを知って、人目に触れぬよう計らったのでしょう。同級生であり、かつ故人が世話になったあなたをかばうために」

おそらく慎太郎は、幸代をなだめていたときにはまだ、香典袋が偽物であることに気づいていなかったのだと思う。もしその時点で泰恵のやったことを見抜いており、かつ彼女をかばう意思があったのなら、やはり彼女の代わりに受付にいたなどと発言せず、香典泥棒の仕業にしてしまったはずだからだ。慎太郎はあのとき、幸代が去ったあとで初めて香典袋に目をやり、そこでようやく自分のものではないことに、ひいては泰恵がすり替えたことに気づいたのだろう。

「……幸代さんが『香典袋の中身がない』と騒ぎ出した時点で、わたしはもう、自分の罪が露見するのは時間の問題だと観念していました」

歩調よりもさらにゆっくりと、まるで片足を持ち上げるたびに着地させる場所を探すようなリズムで、泰恵は語る。

「ですから和尚さんの、香典袋は初めから空だったという話に、慎太郎くんたちがそろって首を縦に振ったとき、わたしにはわけがわかりませんでした。それどころか、うろたえて真相を告白しようとしたわたしに、慎太郎くんは黙っているようにと言ったのです。——彼のそうした言動の理由を知ったのは、和尚さんが帰られたあと、二人で話をしたときでした。ひとつには、父親のお葬式の場で起きた出来事をなるべく大ごとにしたくなかった、とのことでした」

端的に、泰恵のやったことは窃盗だ。それが幸代やほかの者に知れれば、警察沙汰にもなりかねない。それを防ぐために、同級生である慎太郎が中心となり、四きょうだいで協力して泰恵をかばった。香典泥棒なんていなかった、ということにしたのである。『いざとなったら自分に話を合わせてほしい』という趣旨の慎太郎の発言は、そうした意図のもとになされたものだった。

「でも、それだけでつごう四十万円ものお金をくすねようとしたわたしを、おとがめなしで放免したりはしないでしょう。そのときもわたしは、ただ信じがたい気持ちで口をつぐんでいました。すると、慎太郎くんが続けて言ったのです――『ぼくたちは、晩年の親父に対する泰恵ちゃんの献身に、心から感謝しているんだよ』と」

個人的には、慎太郎たちが幸代に対して好ましからざる感情を抱いていたことも、彼らの判断に少なからず影響を与えたように感じた。だがそれでも私は、慎太郎のその言葉に嘘はなかったのだと思う――でなければ、人の善意を信じたがるランが、あんなにも早く真相に行き着くことはなかったに違いないからだ。

「わたしは何も言えなくなってしまって……盗んだお金を、四人にお返しするのが精いっぱいでした。香典は予定どおり、彼らの手から幸代さんに渡されたそうです」

泰恵はうなだれた。その横顔は、みずからのおこないを恥じているように見えた。

四十万円は断じて端金《はしたがね》ではない。しかし、凝った細工をし、犯罪に手を染めてまで欲しい金額かと問われると、私は首をひねってしまう。泰恵の行動の裏にも、何か隠された事情があるのではという気がした。

「亡くなった慎之助さんは、あなたにとってどのような存在だったのですか」

私の質問の意図は通じたのだろう。泰恵は自身の感情について、明言を避けながらも次のように語った。

「慎之助さまは、自分が死んだあともきっときみの生活を保障する、と言ってくださいました。それが、あの方とわたしとのあいだで交わされた唯一の約束であり、親愛の証《あかし》だったのです」

うつむいたまま歩みを進めると、彼女のあごの先からひとつ、滴が落ちてアスファルトに染みを作った。それが汗だったのかどうか、私は確かめようとしなかった。

「なのに、遺言書は見つからなかった。慎太郎くんの話からも、慎之助さまに遺言書を作る意思があったことは確かなのです。でも、しかるべき人に管理を任せでもしない限りは、たかだか封書ひとつですよね。ずっとお屋敷にいる人にとっては、破棄してしまうことなどわけもなかったでしょう。慎之助さまの遺産を誰にも渡したくないあまり、そのようなおこないに及ぶ人がいたとしても不思議ではないと思うのです」

名指しこそしないが泰恵は明らかに、幸代が遺言を隠匿したのだと訴えていた。

「慎之助さまが亡くなったことにより、わたしは大神家での職を追われました。自分ひとりならどうとでもなりますが、息子のことを考えると収入がなくなる不安は計り知れず、四十万円というお金が喉から手が出るほど欲しかったのは事実です。でも決して、それだけのためにこのようなことをしたのではありません。何よりも、わたしは慎之助さまのお気持ちを踏みにじられたのが悔しくて——いえ、いまさらこんなことを申しても見苦しいだけですね」

泰恵はそこで口を閉じたが、私は彼女の言い分を真に受けてもいいように感じた。

そもそも単純にお金が欲しかったのなら、弔問客の香典袋が集まった段階で、そのうちのいくつかを盗むだけでよかったのだ。慎太郎らきょうだいの香典の、四包で四十万円という金額は魅力的だったに違いないが、ほかの弔問客の香典を狙う場合でも、より多くの香典袋を盗めばそれなりにまとまった額を手に入れることはできたはずである。

また泰恵の計画では当初、慎太郎らの香典袋が空であることは後日になって発見される予定だった。どのタイミングであれ窃盗の疑いありとなれば当然、幸代は警察に通報するだろう。このとき泰恵は偽の香典袋という物的証拠を残してしまっている。警察の捜査がどのように進展するかはわからないものの、そこから足がつくおそれはじゅうぶんにある。たとえば偽の香典袋が慎太郎らの目に触れるなどしてすり替えられたことが判明すれば、犯行が可能だった人物は泰恵ひとりにしぼられてしまうだろう。そもそも香典泥棒がよそ者だとしたら、内袋だけを抜き取るのではなく外袋ごと持ち去るに決まっているではないか。私が泰恵の見通しを甘いと断じたのはこの点だ。いくつかの香典袋を盗むというシンプルな方法ではなく、偽の香典袋とすり替えるという手間のかかる方法を選択したことにより、彼女はかえってみずからの首を絞めてしまっているのだ。

ただ一点、泰恵は偽の香典袋を用意したことで、お手洗いに行った際に香典を盗んだのではないかという幸代の疑いを退けている。しかしこれも、幸代が箱をひっくり返したあげく香典袋の中身をあらためたのはまったくの偶然だったのだから、結果的にたまたまそうなったということでしかない。以上のことを考慮しても、泰恵が今回のような方法を用いる合理的な理由は見当たらない。

ただし、泰恵にほかの目的が——すなわち、慎太郎ら四きょうだいの香典だけを確実に盗むという目的があったのであれば、話は別である。この場合でも、警察の捜査に対する泰恵の見通しが甘かったことに変わりはないが、少なくとも偽の香典袋とすり替える必要性は出てくる。すでに触れたように、初めに受け取って箱に入れた彼らの香典を、いきなり盗むわけにはいかないからだ。

思うに彼女には、慎之助の子が父の死に際して支払うお金なら自分が受け取ってもよいはずだ、という心理がはたらいていたのではないか。妻や子に代わって晩年の慎之助を介護し、親愛を深めてきた泰恵の、それは権利の主張であった。故人の意向を握りつぶしたようである幸代に対する、精いっぱいの抵抗だったのだ。

泰恵が偽の香典袋とすり替えるという非合理な方法を、あえて用いた理由を想像するとき、私はどうしてもこのような結論にたどり着かざるを得なかった。それゆえ彼女の言い分を真に受けていいと思った——そして、だからこそ次の台詞を発するとき、私は喉元につかえるような感覚を乗り越えなければならなかった。

「幸代さんに確認しました。あなたが亡き夫の遺言書を破棄したのか、と」

　泰恵は勢いよく顔を上げる。こちらに向けられた目は大きく見開かれていた。

「誓ってそんなことはしていない、というのが彼女の答えでした。実際に、どれだけ探しても見つからなかったんだそうです」

「そんな……幸代さんの言うことを信じるんですか。悪意をもって破棄したものを、人から問いつめられたくらいで正直に認めるわけがないでしょう」

「私は信じますよ。その証拠に」

　私は懐から、厚みのある包みを取り出した。

「あなたが盗もうとしたのと同じ、四十万円が入っています。幸代さんは、足りなければもっと差し上げてもいい、と」

　泰恵ははっとして、その場に立ち止まった。

　二七日法要のために大神家へ出向いた折、私は屋敷の隅の和室に幸代をともなって入り、ランの推理を伝えて遺言書のことを訊ねた。それまで向かい合って正座していた彼女は、いったん席を外すと四十万円分の紙幣を集めて戻り、これを泰恵さんに、と告げて私に託した。私はたいそう驚き、その真意を問いただしたところ、彼女は勝ち誇ったような笑みを浮かべ、言ったのだ。

「泰恵さんが、こんなもので夫との親愛が保たれたと信じられるようなおめでたい頭の持ち主なのでしたら、いくらでもくれてやりますわ」

「お金の問題ではない、ということですか」

私の質問に、彼女は深々とうなずいた。

「当然でしょう。彼女が亡き夫の財産をどれだけ受け取ろうとも、決して足を踏み入れることのできない領域に、わたしはいるのよ——だって、わたしと慎之助は夫婦だったのですから」

その瞬間、私は幸代の心情に圧倒され、言葉を失ってしまった。

慎太郎たちは泰恵に同情し、香典泥棒が最初から存在しなかったことにした。それに対して幸代は四十万円を、盗まれたのではなく泰恵にあげたことにした——言わば、香典泥棒の存在を事後に葬ったのだ。

ともするとそれは、警察に通報するよりもはるかに残酷な仕打ちだったかもしれない。なぜなら幸代の行為は、四十万円のお金くらいではびくともしない絆が慎之助とのあいだにあることを証明していたからだ。犯罪に走るほど泰恵が固執した親愛なるものに、四十万円という値段をつけたのが彼女自身であることを自覚させ、幸代にひれ伏すしかない状況へと追い込む行為だったからだ。

もしも真海が話していたとおり、本当に慎之助の財産だけが目当てで結婚したのなら、果たして幸代はそのような行為に躊躇《ちゅうちょ》なく至ることができただろうか。金を握らせておけば黙るだろう、という程度の安直な考えなら、私が圧倒されたような台詞を彼女はすらすらと吐けただろうか。

倍ほども歳が離れていて、しかも病を患っていた男に嫁いだ。案の定、四人の子からは疎まれ、口さがない人たちが財産目当てだと噂した。そんなことはすべて、結婚前にたやすく想像できたはずだ。

それでも幸代は入籍した。さまざまな困難があったに違いない。それが夫婦仲に暗い影を落とし、夫の介護すらしがたい状態にまで溝が深まってしまったのかもしれない。二人の子を授かることだって、結婚を考え始めた時点であきらめざるを得なかっただろう。彼女の胸中にどんな覚悟や苦悩があったのかは、他人には推し量ることしかできない。その有無は彼女自身でさえ証明することができない。けれどもただひとつ、誰にも否定しえない事実がある——幸代と慎之助は、確かに人生の一時期を夫婦として過ごしたのだ。

このときになって初めて、私は幸代と慎之助が愛し合っていたのだという、ごく当たり前のことに思い至った。そしていかなる欺瞞《ぎまん》も策略もなく、彼女の言動はそのまで真実なのだと信じられたのだ。

——レンに話せばまた、お人よしだと笑われるだろうか。

幸代に四十万円を恵まれたことの意味を、泰恵もすぐさま理解したようだ。彼女はどこかさっぱりした表情で、かぶりを振った。

「受け取れません。そんなお金を、息子のために使うわけにはいきませんから」

潔く、すべてを甘受した清々しさをまとった声だった。私は包みを懐に戻しながら言う。

「そうおっしゃると思っていました。このお金は、幸代さんにお返ししておきます」

再び歩き出し、気がつけば屋敷のまわりを一周していた。庭では泰恵の息子が、大人たちに囲まれて楽しそうにしている。居合わせた者のうちではもっとも歳が近い幸代に、息子はとりわけ懐いているようだ。

「実は今日まで、不安のほうが勝っていました。職を失い、これからあの子をちゃんと育てていくことができるだろうか、と」

門の外に立ち止まり、揺るぎない視線を息子に注ぎながら、泰恵は語った。私も彼女に並び、同じ方角を見やる。

「でも、過ぎたことにこうして決着がつき、わたしはいま、ようやく覚悟ができたような気がします。わたしは自分の感情に溺れるあまり、とんでもない過ちを犯し、もう少しで取り返しのつかないことになるところだった」

彼女の言うとおりだ。慎太郎らきょうだいの、あるいは幸代の対応しだいでは、泰恵は犯罪者として断罪されかねなかった。そうなったときに、まだ幼い彼女の息子が強いられる苦労は、経済面でのそれとは比べものにならなかったはずだ。

「今回のことを……慎太郎くんたちや幸代さんの気持ちを、わたしは決して忘れません。そして誰にも恥じることのないやり方で、あの子をしっかり育てていきます。――不安はいつだって、完全にはなくなりません。でも、あの子の笑顔を見ていると、がんばらなきゃって思えるんです」

「これでもう、おかしな考えに取り憑《つ》かれずに済みますね」

私が問うと、泰恵は迷いなく《はい》と答えた。

――あの子の笑顔、か。

私はふと、わが家の双子の顔を思い浮かべた。血のつながりはなくとも大切な家族のために、自分ならどれだけのことをするだろうか。門をくぐって庭のほうへ近づく泰恵の姿を認め、手を振る彼女の息子の明るい表情をながめながら、私はひとり、そんなことを自問していた。

第二話

おばあちゃんの梅《うめ》ヶ《が》枝《え》餅《もち》

一

「——それじゃ、留守番よろしくね」

私が声をかけると、居間の座布団に腰を下ろしていたみずきは、座卓に広げた新聞から顔を上げた。

「そっか。これから法事だったね」

彼女の視線の先には、壁にかけられたカレンダー様のホワイトボードがある。月ごとの日程を道然寺《どうぜんじ》のみんなで共有するため、各自予定をここに書き込む仕組みだ。私の父であり住職の窪山真海《くぼやましんかい》の予定は赤字、檀家さんからは《若和尚《わかおしょう》》などと呼ばれている私・一海《いっかい》の予定は青字、そして住み込みのお手伝い・古手川《こてがわ》みずきが寺を空ける日など、その他の予定は黒字で記されているので、視覚的にもわかりやすい。

本日、九月中旬の日曜日の欄には、青字で《松平《まつだいら》（十三回忌）一時、自宅》とあった。それ以外にも、赤字はいくつも記入されている。列席者が集まりやすい日取りでおこなわれることから、法事は週末に集中しがちなのだ。盆や彼岸もそうだが、世間が休みに入ると寺は忙しくなる。

「松平さんのご自宅はどこ？」

みずきの問いに、私はふすまに手を置いたままで答える。足袋《たび》を履いた足の指が敷居にかかっていることなど、普段は気にも留めない。

「太宰府《だざいふ》だよ。天満宮《てんまんぐう》の参道で、商店を営んでおられるんだ。ご自宅もその近くにある」

福岡県太宰府市といえば、何をおいても有名なのは太宰府天満宮だろう。平安時代に政略によって大宰府《だざいふ》へ左遷された菅原道真《すがわらのみちざね》公の薨逝《こうせい》後、その墓所に社殿が構えられ、道真公を祭神として祀っている。《学問の神様》として特に名高い神社で、初詣の時期には毎年二百万人もの参拝客が訪れ、これは九州随一であるのはむろん、全国でも十指に入る数だという。年間を通じ、国内のみならず海外からの観光客も多い。

神社としての太宰府天満宮が広く知られる一方で、古くは西の政治の中心として栄え、朝鮮半島や中国との交易の玄関となった太宰府は、仏教史上も重要な位置を占める。奈良の東大寺、栃木の下野薬師寺《しもつけやくしじ》とともに《天下の三戒壇《かいだん》》に数えられる観世音《かんぜおん》寺《じ》をはじめ、市内にはいくつかの古寺名刹《めいさつ》が点在している。われわれ寺の人間としては、そちらにも注目しておかねばなるまい。

「へぇ、商店なんだ。じゃあ、今日の十三回忌はどなたの？」

若いみずきの質問には邪気がない。が、私の口はいささか重くなった。

「施主《せしゅ》の息子さん、と言えばいいのかな……松平商店は現在、齢《よわい》七十になる澤子《さわこ》さんが切り盛りしているんだけど、本来なら息子の哲郎《てつろう》さんが継ぐはずだったんだ。子供のころからずっと、生家で暮らしながらお店を手伝っていたそうだから」

「あら。それならまだ、若かったんじゃないの」

「三十歳だったかな。結婚して娘も生まれ、まさにこれからというときだった。不幸な交通事故でね。娘のゆかりちゃんは当時、まだ一歳だった」

松平家にその後どういういきさつがあったのか、詳しくは知らない。ただ、嫁の弘《ひろ》美《み》は夫亡きあとも松平家を出ることなく義父母と同居を続けた。弘美が教職に就いており、簡単には遠方へ越せないことも影響したのかもしれない。哲郎の父、一哲《いってつ》は三年前に病気で他界したが、それまでは昼間、一哲が商店で、弘美が市内の小学校でそれぞれ働き、澤子が幼いゆかりの面倒を見るという生活であった。真海によれば弘美は以前、ゆかりは自分よりもおばあちゃんになついちゃって、とこぼしたことがあるそうだ。

「そう……それじゃ、ゆかりさんは十四歳になるのね」

ここに至り、みずきの口調にうかがえた好奇心もさすがに影を潜めていた。幼くして父を亡くしたゆかりの境遇に同情したからか、哲郎の夭折《ようせつ》を悼んだからなのかはわからない。まだ二十歳のみずきにとっても、遺された一歳よりは逝った三十歳のほうが、歳が近いのだ。そして三十歳とは、いまの私の年齢でもある。

それはそれとして、

「十四歳じゃないよ。哲郎さんが亡くなったのが十二年前だから、ゆかりちゃんはいま十三歳、中学一年生だ。うちの双子のひとつ下だね」

「十二年前？　十三回忌なのに？」

みずきが目をぱちくりとさせるので、私もまばたきで応じてしまった。彼女が道然寺で働き始めて半年にもなるのに、年忌《ねんき》の数え方すらきちんと教えていなかっただろうか。

油断するとすぐ、限られた世界での常識を、世間一般におけるそれと混同しそうになる。教えていないのに教えたものと、あるいは教えるまでもないものと思い込む。これだから寺生まれ寺育ちは厄介だと思いつつ、私は説明した。

「数え年ってわかるかな。年忌もあれと同じで、亡くなった年を一として数えるんだ。つまり十三回忌は、十二年前に亡くなった方の法要だよ」

「そうなんだ！　あたし、全然知らなかったよ。また賢くなったなぁ」

屈託なく笑うみずきに、私は苦笑を返すしかなかった。

みずきは玄関先まで見送りに来てくれた。運転用のスニーカーを履く私に、自身もサンダルを突っかけながら確認する。

「太宰府なら遅くはならないよね」

「そうだね。今日はこの一件だけだから」

夕筑市にあるうちの寺から、太宰府までは車で三、四十分という距離である。休日で道が混んだとしても、夕方には帰れるだろう。

玄関脇の車に乗り込み、エンジンをかける。私の愛車は白のコンパクトカーだ。いまは出払っているが当寺にはもう一台、真海の乗るセダンがある。どちらも公道でよく見かけるごく普通の国産車だ。贅沢《ぜいたく》をしていると思われるとまずいので、あんまり目立つ車には乗れない。芸能人なんかとはまた違った意味で、何かと世間の目を気にせずにはいられない職業である。

アクセルを踏みつつ車の窓を開けると、みずきが手を振った。

「行ってらっしゃーい」

「行ってきます」

「行ってまいりまーす」

急ブレーキを踏んだ。車体がカクンと揺れる。

「……一海さん、運転はもう少し丁寧にお願いしますわよ」

後部座席を振り向く。白いサマーセーターに身を包んだランが、長い髪ごと首元を押さえて顔をゆがめていた。

眉根を揉む。「どうしてここに？」

すると彼女はけろっとして、

「松平さんと言えば、松平商店の松平さんでしょう」

「そうだけど」うちの檀家に松平姓は一軒しかない。

「天満宮の参道で梅ヶ枝餅《うめがえもち》を売っている、あの松平商店ですよね。でしたらわたしがお供しないわけにはいきません」

さも当然と言わんばかりだ。それでようやく、私にも事情が読めた。

太宰府名物、梅ヶ枝餅。あんこを薄い餅ではさんで焼いたシンプルなお菓子で、直径七センチ程度の円盤のような形をしている。太宰府天満宮の参道に行けば、梅ヶ枝餅を売っている商店や茶店がずらりと軒を連ねているのを見ることができる。

「たまにお参りの方からいただくのでおうちでも食べる機会はありますし、柔らかい梅ヶ枝餅もそれはそれでおいしいと思うのですが……やはり、あの焼きたてのパリッとした食感は格別ですから」

ランは梅ヶ枝餅について熱弁を振るう。中学二年生の彼女は無類のお菓子好き。道然寺へお参りにくる方などからいただいたお菓子を食べるうち、みるみる舌が肥えてしまった。普段は真海に《引きこもり》呼ばわりされるほどのインドア志向だが、おいしいお菓子を食べるためとなると、とたんに尋常でない行動力を発揮する。

——私はふと、数日前の夕食の席での会話を思い出す。

「今日のお昼休み、一緒にお話をしてた男子は誰？」

誰を《だぁれ》と発音したランの問いに、双子の弟のレンはちょっと視線を持ち上げた。二人は同じ、夕筑市立夕筑中学校にかよっている。

「昼休み？　あぁ、ダイソンのことか」

「ダイソンって、外国人なの」みずきが口をはさむ。

「まさか。あだ名だよ。二学期から転校してきたんだ」

「どうりで見覚えのない顔だと思ったわ。レンのお友達なら、だいたい把握してるから」

ランには悪気がなかったのだろうが、その言葉は暗に、レンには友達が多くないことを示唆していた。レンは少しだけむっとして、

「ランとはクラスが違うんだから、見ない顔ならほかにもいるよ」

けれどもランは、自分がレンを怒らせたことにも気づかずに続ける。

「どこから引っ越してきたの」

「えっと、どこそこのサンジョー、とか何とか言ってたっけな……別のやつに話してるのがたまたま聞こえただけだから、はっきりとは憶えてないけど。とにかく、よく知らないところだった」

漢字で書くと《三条》だろうか。まだ中学生の彼らにとっての《よく知っていると ころ》はあまりにせまい。

と、そこでレンがみずきの作ったいんげんのごま和えに箸を伸ばしながら、思いがけないことを言った。

「あいつ、いいやつだよ」

ダイソンなる転校生のことである。

「めずらしいな。レンが手放しで人を褒めるなんて」

不適切だと思ったときにはもう、私はそう口にしてしまっていた。レンのいまの言葉には、一切の皮肉や裏がなかった。とかく人の言動を悪意をもって解釈しがちなレンが、まだ出会って間もない同級生についてそう評したことに、私は驚いたのである。

レンもまた、自身のそうした傾向に対する自覚を踏まえて語った。

「最初はいけすかないやつだと思ったよ。男前だし、気さくだし、運動神経抜群なうえに成績も悪くない。あまりに非の打ちどころがないんで、いつか化けの皮をはいでやるとさえ思ってた」

だが、一週間でギブアップしたのだという。

「地肌なんだよ。どれだけ探っても、化けの皮どころかささくれひとつ見つからなかった。そればかりか、無理やり裂こうとして爪を立てたオレを邪険に扱ったりもしないんだ。それでとうとう結論づけた。こいつ、本当にいいやつなんだなって」

まぁ、今回ばかりはオレも勉強になったよ。そう言ってフフンと笑ったレンを、ランが冷ややかに切って捨てた。

「そんなだから、お友達ができないんだわ」

数分前の見解は、訂正したほうがいいかもしれない。ランはレンとは対照的に、ことん性善説を信奉するタイプだ。だが双子の弟に対してだけは、悪気をもって接する瞬間もあるらしい。

けれども今度は、レンのほうで取り合わなかった。

「とにかくさ、そういうやつだから、ダイソンはもう人気者だよ。転校生フィーバーってのもあって、早くもクラスの女子からモテモテ」

するとそれまで無言を保っていた真海が、コホンと咳払いをして箸を置き、重大発表をするように口を開いた。

「ラン。その転校生とやらには、近づかんほうがよか」

数秒、場にいた全員が固まった。こわばった笑みで、みずきが問う。

「住職、もしかして……ランちゃんがその子に惚れちゃうんじゃないかって心配してるの？」

答える代わりに、父は茶をすすった。そしてそれを淹《い》れたみずきに「茶葉が多い」と八つ当たりめいたことを言い、話はそれで終わってしまった。

――父さん、心配いらないよ。ランはこのとおり、お菓子のことしか頭にない。異性なんてたぶん眼中にもないよ。

私は嘆息する。車の外ではみずきが腕を組み、まだ行かないのかとでも言いたげだ。後部座席のランの存在には疑問すら抱かないらしい。

彼女の気持ちを代弁するように、ランが言葉を発した。

「出発しないのですか。法要の時間に遅れてしまいますわよ」

「いや、間に合うように行くけどさ……本当についてくるのか、と思って」

「何か問題でも？　レンだってよく、一海さんについて法要に行くではありませんか」

そう言い終えるやいなや、である。彼女はいきなり、はっと息を吸い込んだ。

「一海さん、まさか――梅ヶ枝餅を独り占めするおつもりだったわけではないでしょうね！」

独り占めも何も、私は梅ヶ枝餅を食べるつもりがないよ。ランの食い意地に呆れが宙返りをするなか、私はそろりそろりと車を発進させた。

二

「ここでいいかい」

太宰府天満宮の参道の入り口に近い路傍に車を寄せ、ハザードランプを点けて停めると、ランは窓から外の様子をうかがった。日曜である。人出は少なくない。

「一海さんは降りませんの？」

「松平さんのご自宅は商店とは別で、参道の裏手のほうにあるんだ。法要もそっちでやることになってる」

「むむ……やむを得ませんわね」

彼女は唇を内側に巻き込んでいる。《引きこもり》の揶揄からも察せられるように、本来ならひとりでお店なんかに行くのは躊躇《ちゅうちょ》するタイプだ。

「法要のほうについてきてもいいよ。終わるまで待てるのなら、そのあとで一緒に商店へ行ける」

気を利かせたつもりで、私は提案してみた。だが、

「いいえ、けっこうです。梅ヶ枝餅がわたしを待ってる」

どうやらお菓子の誘惑は、困難をも乗り越える力となるらしい。だとしたら悪いことばかりじゃないなと思いつつ、ランを降ろしてもしばらくのあいだ、私は苦笑を止めることができなかった。

松平の家に着くと、澤子と弘美、それにゆかりの女三代はすでに仏間にそろっていた。

「すみません、お待たせしてしまったようで」

「いいえいいえ。一時とお聞きしてましたから」

黒のアンサンブルを召した澤子が、正座して軽く頭を下げる。二、三十分の余裕を持って向かうつもりだったが、ランに予定を乱されたこともあり、約束の五分前という時間になっていた。間に合ったとはいえ恐縮である。

もう十三回忌ということもあり、今日はほかの親戚などは呼ばずに三人だけで法要を済ませるそうだ。松平宅は戸建てだが特別に広い邸宅というわけではないので、その点は聞くまでもなく察しがついていた。もっと大々的にやりたければ、参列者が道然寺に集まり、本堂にて法要をおこなう運びとなっていただろう。

弘美はいかにも教師然としたブラックスーツを、そしてゆかりは中学校の制服を着ていた。水色のジャンパースカートで、胸元には《松平》という刺繍《ししゅう》が赤く目立っている。白のブラウスは半袖だ。その服装だけでぐんと大人びた気がした。前回会ったときはまだ、彼女は小学生だった。

仏壇の正面には、哲郎の位牌と遺影がある。法要を始めるべくお鈴《りん》を鳴らそうとして、お供えの梅ヶ枝餅が目に入り、私はすんでのところで手を止めた。

「あの、いまお店のほうは……」

ふと不安になり訊《たず》ねる。松平商店でないと梅ヶ枝餅が買えないわけではないが、ランの性格を考えるとほかのお店に行く勇気はないかもしれない。

「もちろんやっとりますよ。日曜ですからね、手伝いの者に店をまかせてあります」

澤子が答える。お経が終わったら自分も店に向かうのだそうだ。そういうことなら、ランもいまごろは梅ヶ枝餅にありついているだろう。安心して、私はあらためてお鈴を鳴らした。

法要は三十分ほどで済んだ。お店のこともあるからだろう、今日はお斎《とき》の予定はなかったが、それでもお礼などを交わしたあとで私たちはしばらく雑談をした。われわれ僧侶にとってはこの時間も重要な仕事のうちだ。それぞれの檀家の近況や事情を知ることができるし、何よりお布施《ふせ》だけを受け取ってさっさと帰るような僧侶では、檀家さんに信頼してもらえないからだ。観光名所になっているようなところを別とすれば、寺院の運営はあくまでも檀家さんの《お気持ち》によってしか成り立たないのである。

澤子とは私が幼いころからの付き合いなので親しい。商店主という言葉から連想されるような威勢のいい人ではなく、素朴で柔和な老婦人である。ほんの四、五年前までは夫の一哲が商店の顔だったので、当然と言えば当然だろうか。弘美は嫁という立場を崩さず、礼儀正しいぶん、どことなく距離を感じた。勤務先の小学校でもこのような児童たちはとっつきにくかろう、と私は要らぬ想像をした。

妙だったのは中学生のゆかりである。私たちがおしゃべりをしているあいだじゅう、そばに控えてはいたものの、まるでうわの空で話を聞いてはいなかった。もちろん自分からしゃべることはなく、せいぜい私が投げた二、三の質問にごく簡潔に答えた程度だ。あとはひたすらうつむきがちに、ショートカットにした髪をいじっている。その様子が気にかかったが、どうも今日に限ったことではないらしく、母も祖母もちらちらと目を走らせながらも、ゆかりに声をかけようとはしなかった。

そのまま数十分が過ぎ、私がそろそろおいとましようかと考え始めたころだった。澤子が会話の合間を縫って仏壇に向かい、短い合掌のあとでお供えされていた梅ヶ枝餅を手に取ると、それをゆかりに差し出した。

「ほらゆかりちゃん、梅ヶ枝餅ば食べんね。哲郎が好きやったと思ってお経の直前に焼いたけん、まだおいしかよ」

それは少々唐突ではあったが、行動としてはおかしなものではなかった。法要が終わりしだい、お供えものを下げて子供に与えるというのは、わりあいよく見られる光景である。

ところが、ゆかりはかぶりを振った。

「いい。いらない」

「遠慮しないで食べたらいいじゃない。あなた、梅ヶ枝餅大好きだったでしょう」

弘美が取りなすように言うも、ゆかりは態度を変えない。すると澤子がゆかりの手を取り、梅ヶ枝餅を握らせた。

「娘のゆかりちゃんにあげたほうが、哲郎も喜ぶけん――」

その、直後。

「いらないって言ってるじゃん！」

ゆかりが澤子の手を振り払い、握らされた梅ヶ枝餅を澤子に投げつけた。

突然のことで、すぐには誰も反応できなかった。ただゆかりが手のひらを見ながら、たったいま自分のしたことが信じられないような表情を浮かべていたのが印象的だった。

「何てことするの！」

沈黙を破ったのは弘美の叱声《しっせい》だった。ゆかりは立ち上がり、仏間を出て廊下を駆けていく。弘美が追うので、私も慌ててあとに続いた。

「ゆかり、どこ行くの！　おばあちゃんに謝りなさい――」

けれどもゆかりは玄関でも止まらず、スニーカーのかかとを踏みながら外に飛び出してしまった。こうなると女子といえども中学生は素早い。弘美ではそう簡単に追いつけまいし、私は走るのに適した格好をしていない。

弘美とともに、しおしおと仏間に引き上げる。澤子は身じろぎもせずに目を伏せていた。

「すみません、お義母《かあ》さん……」

弘美の謝罪も、耳に入っている風ではない。

「ゆかりちゃん、何だか雰囲気変わりましたね。小学生のころはもっと、明るくて人懐こい子だったけど。思春期かな」

このタイミングで《帰ります》とは言い出せないし、先刻の出来事を無視するのも不自然なので、私はそんなことを口にした。追い打ちをかけるようでわれながらヒヤヒヤしたが、それでも会話の糸口が与えられたことに、弘美はいくらか救われたような顔をした。

「今月に入ってからなんですよ。夏ごろまでは変わりなく元気で、毎日のように部活仲間をうちのお店に連れてきては、店先で一緒に梅ヶ枝餅を食べたりしてたそうなのに」

「夏ごろって、夏休み中に？」

「ええ。あの子は陸上部で、夏休みも部活がありましたから、その帰りなんかに」

どうりで足が速かった、と冗談めかしたら、ゆかりは長距離ですけどね、と弘美に冷静に訂正されてしまった。

ゆかりのかよう中学校は太宰府天満宮の一・五キロメートルほど南にあるが、校区は広く、天満宮の北側まで伸びている。つまり参道付近を通って帰る生徒もいるので、そういう子なら帰りに松平商店へ寄り道しやすかったわけだ。

「お父さまの法要ということで、感傷的になっていたのでは……」

一応、その考えも話してはみたが、

「まさか。あの子、夫のことは記憶にありませんから。寂しい思いをさせたこともあったでしょうけど、お義母さんに当たるほど激しい感情の動きに結びつくとは思えません」

あえなく弘美に一蹴《いっしゅう》されてしまった。

「まぁ、繊細な年ごろですからね。ダイエットを始めたはいいけれど、甘いものの我慢しすぎでイライラしてしまっているとか、案外そんな単純なことかもしれませんよ」

言いながら、気休めにすらならないことは自分でもわかっていた。長距離競技自体、多分にダイエットの役割を果たしているはずである。案の定、弘美には一顧だにされず、澤子は聞こえてもいない様子で、梅ヶ枝餅をぶつけられた胸のあたりをしきりにさすっていた。

三

松平の家を辞して、ランを迎えに商店へ向かった。車は参道付近のコインパーキングにとめる。

「あら一海さん、お疲れさまでした」

店先の床几《しょうぎ》に腰かけたランは、私を見るなり口をもぐもぐさせながら言った。ひざの上に載せた大きな皿から珍妙なものを両手で持ち上げ、ほおばっている。

「……何だい、それは」

ひやかしを込めたわけではなく、ごく自然に声が裏返った。

ランが手にしていたのは、梅ヶ枝餅ふたつで大量のあんこをはさんだ、サンドイッチのような代物だった。梅ヶ枝餅にもそれぞれあんこがぎっしり詰まっているというのに、である。見ているだけで口の中に甘ったるさを感じた。喉の渇きさえ覚える。

その、強烈なあんこの化身にもう一口かぶりついてから、ランは説明した。

「先日テレビで、昔はこうやって梅ヶ枝餅を食べていたのだという情報を見かけましたの。わたし、いつかは試してみなければと思っておりました。それでお店の方にお願いして、作っていただいたのです」

「へぇ、そりゃ知らなんだ。で、どうなの、味は」

「……信じられませんわね」

それでようやく、私の頬の引きつりはほどけた。

「だろうね。いくら何でも甘すぎる――」

「こんなにおいしいのに！　いまでは食べられなくなっただなんて、本当に信じられない！」

今度こそ、私は完全に絶句した。ランは勢い込んで言い募る。

「ぜひとも広めるべきです、梅ヶ枝餅のあるべき姿というものを。復権すべきです」

「……あのさ。一応訊《き》いておくけど、それいくつめ？」

時間から考えて、これがひとつめの梅ヶ枝餅とは考えられない。私の問いにランは虚空を見つめ、指を折って数えた。

「えっと、ひとつ、ふたつ、みっつ……確か、通常の梅ヶ枝餅を五つ食べました。それからこちらの《梅ヶ枝餅重ね》を」

ランはにこりと笑っているが、聞いているだけで気分が悪くなりそうだ。私は胃のあたりに手をやりながら、

「太るよ。イケメンの転校生に振り向いてもらえなくなるよ」

「転校生だなんて、わたしは別に……太るのは、困るけど」

ほんのり頰を赤らめたので、やっと一矢報いたような気になった。中学生を相手に何をむきになっているんだろう、私は。しかしランもこれで、運動部に所属しているわけでもないのに至って健康的な体型を保っているのだから、若さとは恐るべき財産である。三十路《みそじ》を迎えた私など、気をつけているつもりでも最近、下っ腹が存在感を増しつつあるというのに。

「ハハハ、そんなケッタイなものを気に入ったのはお嬢ちゃんが初めてだよ」

と、ランの背後で手伝いの男性が、手焼きの鉄板を操作しながら豪快な笑い声を上げた。

松平商店の参道に面した側には、ガラスで仕切られた、梅ヶ枝餅を焼くためのスペースがある以外、壁や戸はなく店内が広く見渡せる。梅ヶ枝餅だけでなくさまざまな土産物が陳列されているが、そこに澤子の姿はない。まだこちらには来ていないようだ。

「どこの奇特な子かと思ったら、道然寺さんとこのお嬢ちゃんかい。おじさんのこと、

憶えてないだろ。前に会ったときはこんなにちっちゃかったもんなぁ」

そう言ってひざまで手を下ろした彼は、名を平尾《ひらお》という。ひと目でそれとわかるほどガタイがよく、今日も袖を肩までまくったTシャツから伸びる腕は浅黒く日焼けし、頭にねじりはちまきをして梅ヶ枝餅を売っていた。

哲郎が亡くなった年の暮れ、松平商店は大切な初詣のかき入れどきに人手を確保すべく、近場の大学にアルバイト募集の広告を出した。それに応募してきたのが、当時大学を複数回にわたり留年中の平尾だった。当初は短期アルバイトの予定だったが、平尾は大学を卒業する見込みがないのをいいことに松平商店にいついてしまい、またその働きぶりから一哲らも平尾を気に入り、結果としてすっかり松平商店の一員となってしまった。だから自他ともに《手伝いの者》と称しながらも、すでに十二年この商店に勤めている平尾は、一哲亡きいまでは縁の下の力持ちどころか大黒柱と言っても過言ではない。

そういうわけで、平尾はうちの檀家ではないが付き合いは十年以上に及ぶ。ランがもっと幼いころには初詣に太宰府天満宮へ連れてきたこともあるので、そのときに顔を合わせているのだ。

それにしても、おじさん、か。初めて会ったときは絵に描いたような精力的な青年だったが、考えてみれば平尾ももう四十に近いのだ。

「平尾さん。ちょっといいですか」

手が空いたから、平尾は私たちに声をかけてくれたのだろう。恍惚としてあんこの塊《は》を食むランを尻目に、私は声を潜めて訊ねた。

「ゆかりちゃん、最近どこかおかしな様子はありませんでしたか」

「何かあったのかい」

いぶかる平尾に一部始終を、弘美から聞いた話も含めて伝えると、彼は深刻そうな表情を浮かべた。

「あのゆかりちゃんがねぇ。穏やかじゃねぇな」

「平尾さんはもちろん、ゆかりちゃんのことをよくご存じですよね」

「そりゃ当たり前よ。いつも元気で明るくて、おばあちゃん思いのとてもいい子さ。この店の手伝いなんかもよくやってくれるんだ」

「お店の手伝い、ですか」

「そうさ。今週も何度か、まだシャッターも開かない朝のうちから、店の前のゴミを拾ってくれてるのを見かけたよ。偉いね、ありがとねなんて言ったら、『中学に入ってからは、部活が忙しくてお店の手伝いもできないから』って」

ゆかりの所属する陸上部はこの時期、平日に朝練習をやっており、七時半には学校にいないといけないらしい。参道界隈《かいわい》のお店が営業を始めるのは、早いところでも八時半を過ぎるので、ゆかりが登校するころにはどこもかしこもシャッターが下りているわけだ。帰りは帰りで、部活をやっていれば遅い時間になるのだろうから、そのころにはお店も閉まっている。夕方も六時を過ぎれば、参道は昼間の人通りが嘘のようにひっそりとしてしまうのである。

営業中の商店を手伝えないから、せめて早朝のわずかな時間を使って手伝いを、というのは実に殊勝な心がけだ――もっと言えば、意味深ですらある。これから朝練で体力を使おうというときに、わざわざゴミ拾いを？

「それが、本当に熱心に拾ってくれるんだ」

言いながら自分でも違和感を覚えたのか、平尾は腕組みをした。

「おれも普段は開店前に軽く掃除したりするけどさ、別に大して汚れちゃいねぇよ。目立つゴミだけふたつみっつ拾って、適当に掃けばそれでしまいさ。なのにゆかりちゃん、スーパーのレジ袋いっぱいに拾ってたりするんだ。多いときには、ひとつじゃ収まりきれないくらいだった……それは学校へ行くついでに、通りがかりのコンビニにでも捨ててるらしいんだけどさ。ほかの店の人からも聞いたんだけど、どうもうちの店の前だけじゃなくて、参道全体を歩いてゴミを拾ってるみたいなんだよ。感心だよ、感心」

最後の《感心》は、まるで自分自身に言い聞かせているかのようだった。

確かにゆかりの行動は、多少なりとも興味をそそられるものではある。だが、善行だ。褒められこそすれ問題はないし、それが今日のゆかりの態度と関係しているのかどうかもわからない。

平尾と見合って首をかしげかけた、そのときだった。

「わたしには、ゆかりさんの気持ちがわかるような気がしますわ」

ランがそう言い、空になった皿に向けてごちそうさまでした、と両手を合わせた。ちゃっかりこちらの話を聞いていたようだ。

「どういうことだい、お嬢ちゃん。ゆかりちゃんの気持ちがわかるって」

問いただす平尾に皿を返しつつ、ランは人差し指を立ててみせる。

「ひとつ、平尾さんにお訊きしたいことがあるのですけれど――」

続けて飛び出した質問に、平尾は目を丸くした。

「お嬢ちゃんの言うとおりだけど、どうしてそれを……あ、ちょっと待った。お客さんだ」

松平商店へやってきた若いカップルに、平尾は焼きたての梅ヶ枝餅をふたつ差し出す。和やかなその光景をながめていると、私にもおぼろげながらランの言わんとしていることがわかったような気がした。

四

私はランにもう少し待つように言い、松平宅に戻った。連れていかなかったのは松平家の人たちに、家庭内のデリケートな問題を誰彼なしに吹聴したと思われたらいけないからだ。事情が事情だけに、澤子らにはあくまでも私の個人的な思いつきという形で伝えるつもりだった。

つい一、二時間前にも鳴らしたインターホンのボタンを押す。応対した弘美は、驚きつつも私を迎え入れてくれた。仏間に通されると、そこには澤子もいた。ずっとそうしていたわけではあるまいが、先ほど私が辞したときと同じように座布団の上で背を丸めている。ゆかりは戻っていないようだ。

「ゆかりちゃんのことで、ちょっとお話が」

そう切り出したことでようやく、澤子と弘美は居住まいを正した。三人ともに正座し、三角に向かい合う。

さして重大に響かないよう、私は淡い笑みを浮かべて告げた。

「あくまでも推測に過ぎませんが――ゆかりちゃん、失恋してしまったのではないでしょうか」

「失恋、ですか」

眉をひそめた澤子に、私は確認する。

「夏休みにお店に連れてきたという部活仲間、男子だったのでしょう」

——これが、ランが平尾に投げた質問の正体である。

「大村《おおむら》くんって言ったかな。ゆかりちゃんは丁寧語でしゃべってたから、部活仲間といっても先輩だとは思うけどさ」

カップルへの接客を終えたのち、平尾はそのように語った。それを受け、ランは私たちに説いたのだ。ゆかりの異変の原因は失恋にあったのではないか、ということを。

澤子は柏手を打つように、しわの多い手を胸の前でぱちんと合わせた。

「そうそう、確かに男ん子でした。ほかの子が一緒やったこともあったばってん、毎回欠かさずおったのも、ゆかりちゃんと二人きりで来てくれたのも、その男ん子だけやったと思います」

「だけども、お店には来なくなった」

私が確認すると、澤子はこっくりとうなずいた。

「単に夏休みが終わったからというわけではないことは、ゆかりちゃんの態度の変化にも表れています。その男子に対するゆかりちゃんの恋心は、残念ながら実らなかった。学校帰りにお店に連れてきて、床几に並んで梅ヶ枝餅を食べる、そんな毎日も終わりを迎えてしまったのです」

あとに残ったのは、幸せだったころの思い出ばかり――いささか詩的な表現を進んで用いながら、私は続けた。

「その思い出を、すなわち二人で過ごした時間を象徴していたのが、一緒に食べた梅ヶ枝餅でした。いまの彼女にとっては梅ヶ枝餅を食べるどころか、目にすることさえつらすぎたのです」

だから押しつけようとした澤子に、ゆかりは激しく抵抗した。そして勢い余ったせいとはいえ、大好きな祖母に、大好きだった梅ヶ枝餅を投げつけるという行為の悲しさに、自分自身耐えきれなくなって家を飛び出したのだ。

「それは、悪いことをしたねぇ」

澤子は心底申し訳なさそうにしていたが、おおもとの原因が自分にあったわけではないことを知ったからか、その声にはいくぶん生気が戻っていた。

「ゆかりちゃん、このごろ元気なかったもんねぇ。本当は学校にも行きたくなかったんやないかねぇ。部活に行けば、その男ん子とも顔合わせずには済まんっちゃろうし」

「でもこの一週間ほど、あの子はむしろ以前よりも早く登校するようになってましたけど……」

弘美が疑問を差しはさんだので、私は正座のまま彼女に向き直った。

「平尾さんによれば、ゆかりちゃんは学校へ向かう途中で、商店の周辺のゴミ拾いをしていたそうですよ。彼女にとってはそれが、失恋を乗り越えるための大切な《儀式》だったのではないでしょうか」

好きな人に好かれなかった自分を、それでも好きでい続けることは難しい。だから、ゆかりはゴミ拾いをしたのではないか、というのがランの見解だった。ゴミ拾いという、誰が見たって殊勝な行動に精を出すことで、自分という人間を何とか肯定的にとらえようとしたのではないか、と。松平商店の前だけでは飽き足らず参道全体のゴミを拾って回ったのも、身内ではなく他人のために、功利ではなく奉仕のために、自分を働かせたかったからだろう。

「どうしたらよかかねぇ。ゆかりちゃんに、早く元気になってもらいたいんやけど。アタシに何かできるやろうか」

孫のために心を砕く澤子の肩に、私はそっと触れた。

「失恋の傷心は誰しも経験することです。そのつらさをゆかりちゃんが乗り越えたとき、彼女は大人になるための、何物にも代えがたい一歩を刻むはずです。それまでは、そっとしておいてあげるのも優しさではないでしょうか」

——私は再び、平尾の言葉を思い出す。

「そういや先週末も、ゆかりちゃんと同じ制服を着た女の子が三人、うちの店の前を通り過ぎながら噂してたよ」

ランの話が一段落したところで突然、平尾がこぶしで手のひらを打ったのだった。

「昼過ぎだったかな。三人ともテニスラケットかついでたから、きっと部活帰りだね。ゆかりちゃんの陸上部もそうだけど、休日はわりと早く終わるんだ。――で、ひとりがうちの店を見て、『大村がこの店に来てたらしいよ』ってなことを言ったんだよ。そしたらその子の言い終わらないうちに、別の子が『マジあいつチャクいよねー！』なんて、甲高い声上げてさ。あとは女三人寄れば何とやらだよ。あんまりうるさいんで、注意しようかと思ったくらいだ」

《チャクい》というのは《横着》から派生した方言で、《ムカつく》と似たような意味である。言葉は上品ではないが、松平商店の前で騒いだということはおそらく、ゆかりを振った男子に憤りを感じていたのだろう。正当な理由の有無にかかわらず、女性の思慕に応えなかったことで男性が、その女性を取り巻く一団から敵視されてしまうというのはありがちなことである――特に、幼くて未熟な恋愛においては。

人の惚れたはれたはよくわからないけれど、と言い回しだけは妙にひねた前置きをはさんで、ランが言う。

「ゆかりさんはいい子だそうですから、きっと学校にもお友達が多いのでしょうね」

「平尾さん。その子たちの名前、わかりますか」

私は訊いてみた。制服の刺繍で誰だったのかわかっていれば、ゆかりに仲間がいることを澤子らにも強調できると思ったのだ。

だが、平尾の反応は鈍かった。

「知らない子たちだったからなぁ。店の前で騒がれても困るし、最悪の場合は中学校に苦情入れることも考えて胸元の刺繍も見たんだが、よく読めなかったよ。そんときはおれも、まさかゆかりちゃんのことで騒いでたなんて思わなかったもんだからさ」

とはいえ私も強く期待していたわけではない。通りかかる生徒の名前など、いちいちチェックしているほうが不気味だ。言い訳がましくなる必要なんかないんですよ、というようなことをオブラートに包んで私は平尾に告げ、話はそこで終わった。

ゆかりに仲間がいることさえ伝われば、それが誰かまでは問題ではない。私は澤子らに、平尾から聞いたことを教えた。

「学校には仲間もいるみたいですから、ゆかりちゃんもじきに立ち直るでしょう。心配なのはごもっともですが、どうか今日のことは彼女自身が言及するまで一切触れず、帰ってきたら明るく迎えてあげてください」

「そげなことなら、一海さんの言うとおりにしましょう。ありがとねぇ、一海さん。昔は住職さんにトコトコついて回るだけやったのに、ほんに立派になったばいねぇ」

澤子は言い、深々と頭を下げた。昔の話を持ち出されると、こちらとしては弱い。付き合いの長い檀家さんにとっては、私もまた息子か孫みたいなものなのである。講釈を垂れたことに、いまさらきまりの悪い思いを味わう。だが澤子や弘美の表情はほんの数分前に比べるとかなり和らいでいたので、私はこれでよかったのだと思うことにして、あらためて松平家をあとにした。

五

道然寺に帰ってからは、何をするでもなく夕食の時間になった。

「腹減ったよ、みずき。今日の晩飯は何」

台所で支度をするみずきに向かって、レンが居間にどっかりと座りながら叫ぶ。初めのうちは私や父が、ちゃんと《さん》づけをしなさいとレンを叱ったが、この歳の子にとってはそうすることがかえって気恥ずかしいのか、レンはかたくなにみずきを呼び捨てにし続けた。みずきのほうでまったく気にする風ではなかったので、私たちの小言はじきに立ち消えになってしまった。

運んできた大皿を座卓に並べ、みずきは意味ありげに目を細める。

「今日のメインは豚肉のピカタ。それとオニオンスープにグリーンリーフのサラダだよ」

「ぴか……何だよ、気取っちゃって。でも、うまそう」

言ってもわからないだろうとからかうようなみずきの口ぶりに、むっとしかけたレンはしかし、皿に載った料理を見て頬をほころばせた。大皿に敷きつめたレタスの上で湯気を放つピカタは、豚のロースを包む卵の按配も程よく、漂ってくる香ばしいにおいも申し分ない。普段着に着替えた私は座卓のそばに腰を下ろしつつ、忙しそうに台所と居間とを往復するみずきに声をかけた。

「目覚ましいね。日に日に料理の腕を上げているようじゃないか」

「洋食でもかまわないって言ってもらえて、ずいぶん気が楽になったからね。花嫁修業にもなって、こっちとしては一石二鳥だよ」

はにかむみずきの笑みをながめながら私は、ひょっとしたら修業の成果を発揮する日もそう遠くはないのではないか、などと空想した。

およそ半年前、みずきが道然寺で働き始めてまだ日が浅いころのことである。

彼女はやはり居間の座卓に料理本を広げ、ため息をついていた。ホワイトボードも電話もドアホンのモニターもそろっており留守番をするには最適なので、特別やることがないときは、どうしてもそこがみずきの定位置になる。

「どうしたんだい、みずきちゃん。幸せが逃げるよ」

背後から話しかけると、みずきは振り返ってふっと笑った。

「一海さんって、時々ジジくさいこと言うね」

これには赤面した。自覚があるからだ。職業柄、同年代以下よりはご年配と接する機会のほうが圧倒的に多いので、どうしても影響を受けずにいられない。

そうか、《ため息をつくと幸せが逃げる》はだめか。にしてもジジくさいとは辛辣《しんらつ》だ。みずきとは十歳しか違わないのに……いや、だからこそなのか。

「今晩のおかずが決まらなくってね。毎日献立考えるの大変って嘆いてたお母さんの気持ちが、いまになってわかるよ」

私の動揺をよそに、みずきは再び料理本に目を落とした。横からのぞき込むと、酢の物、和え物、きんぴらごぼうなど、小鉢の似合いそうな料理ばかりが並んでいる。

もしかして、と思い、私は軽い調子で言った。

「お肉を使ってもいいんだよ。それに、和食である必要もない」

それに対するみずきの反応が傑作である。

「えっ——精進料理じゃないの！」

目を大きくむいてみせるので、私は笑いが止まらなくなってしまった。

「何でも食べるよ。私がハンバーガーやステーキやからあげを、食べたことがないとでも思っていたのかい」

「いや、でもそれは、お寺の外ならオッケーなのかと……」消え入るような声である。

「ここでも同じだよ。みずきちゃんが作りたいものを作ってくれればいい。私たち、好き嫌いだけはしないよ。檀家さんとお斎をするときに、苦手なものをよけるわけにはいかないからね。それだけは、私もレンとランも子供のころから徹底されてる」

よく誤解を受けるが、少なくともうちの寺では、食生活はごくありふれた家庭のそれと何ら変わりない。生臭坊主とのそしりを受けようが、肉だって食べるし酒だって飲む。よその寺にしても似たようなところが多いのではないか。現にその日、真海は地域の寺院の寄合だとかに出かけていたが、会場は中華料理店だった。

「なぁんだ。野菜とか豆腐とか、そんなのしかだめなのかと思ってた」

いままでの苦労は何だったの、とみずきは座卓にべったり貼りつく。和食を作るのが上手な女性はモテるよ、と私はフォローしてみたものの、やっぱりジジくさいと追い打ちをかけられて返す言葉が見当たらなかった。

――ということがあってから、みずきの料理のレパートリーはうんと広がった。和食は難しいのだとは聞くが、そればかりでも上達する技術は限られるだろう。彼女はいまや和洋中その他、何でもござれである。

夕食の席にはいつもの五人がついた。ピカタはおいしかったし、オニオンスープも野菜の素朴な味が利いていた。それらをひとしきり胃の中に収め、みんなが食後の茶を堪能するころになって、ランが突拍子もないことを言い出した。

「レンは、失恋とかしたことあるの?」

男三人が、いっせいに茶を噴き出した。父は激しくむせ、私はぽかんとしてランを見つめ、レンはあからさまにうろたえている。みずきだけが平然として、それぞれにティッシュを渡してくれた。

「な、何だよ藪から棒に。それ聞いてどうしようって言うんだよ」

質問を質問で返すレンを見つめるみずきの目が、すっと細められたのに私は気づいた。こいつ未経験じゃないな、とでも言いたげである。

「あのね、実は今日こういうことがあったの……」

それからランはたっぷり時間を使って、ゆかりにまつわる一連の出来事を話した。私はまたぞろ出しゃばった真似をしおって、と父に叱られるのではないかとビクビクしていたが、彼は終始関心なさそうに茶をすすっていた。主題が中学生の恋愛とあっては、口をはさむ気にもならなかったのかもしれない。

途中から、レンの顔に薄く影が差し始めていたこともまた、私は感じ取っていた。話が終わると、レンはその影をかき集めて流したような、暗く濁った息を吐き出した。

「まったく呆れるというか、一海さんもランも甘いったらないよ。憶えとけって言ったただろ、寺の隣に鬼が棲むんだって」

そして、続けてレンが語るのを聞いた私とランは、そろって度を失うことになるのだった。

六

夜道は空いていた。それでも三たび松平家に舞い戻ったころには、午後八時を回っていた。

法要の際とは異なり、いきなり庭に車を乗り入れるわけにはいかないので、さしあたりそばの路上に駐車した。ランと二人、塀の前に降り立ち、インターホンを鳴らそうとして寸前で人差し指を止める。

「どうなすったの、一海さん」

不安げに顔をのぞき込んできたランに、私は抑えた声で告げた。

「私じゃまずいかもしれない。ラン、よかったらゆかりちゃんの同級生のふりをして、彼女を呼び出してくれないか」

なぜ、とランは首をかしげる。少し臆したようにも見えた。

「いくら顔なじみとは言っても、こんな時間にこの歳の男が、保護者のいない場所で中学生の女子と話がしたいなんて切り出したら、どうしたって怪しまれるだろう。ランは松平のみなさんとは長いこと会ってないし、今日も顔を合わせたのは平尾さんだけだから、まず間違いなく気づかれないよ。少なくとも、ゆかりちゃん以外には」

ランは普段、寺にいるときでも自室にこもりがちで、檀家さんの前にはめったに姿を見せない。言ってしまえば道然寺のレアキャラだから、澤子や弘美が現在のランを見てピンとくるおそれは皆無に等しいのである。

人の善意を信じ猜疑心《さいぎしん》を持たないランにとって、他人を騙《だま》せという指示が、負担の大きいものであることは承知していた。それでも彼女は胸に手を当て、深く息を吸い込んで答えた。

「……わかりました。やってみます」

私は彼女の背中に手を添え、頼んだよ、と送り出した。自分は近くの電柱の陰に身を潜め、様子を見守る。

ランの細い指先がインターホンのボタンに触れてから、反応があるまでに二秒かかった。かなり早いほうだと思う。が、ランにとっては長い二秒間だったろう。

「はい」

弘美の声だった。カメラのついていないタイプのインターホンである。こんな時間に誰だろう——と不審がるのはわかる。しかしそれ以外にも何か、彼女の声を硬くさせる要因があるらしいことを、私はその一言で嗅ぎ取った。

「あっ、あの、ゆかりさんはご在宅ですか」

ランの声も普通ではなかった。おかしなほどに震えていたし、《ご在宅》なんて言い回しも適切ではなかった。案の定、弘美はいっそう警戒したようになる。

「失礼ですが、どちらさまでしょうか」

「えっと、わたし、ゆかりさんのクラスメイトです。それで、学校のことでちょっと、相談がありまして。どうしても、会ってお話ししたかったものですから」

どうも、うまくない。ここはやはり多少怪しまれてでも自分が行くべきだったか、と私が反省しかけたとき、弘美が思わぬことを告げた。

「ごめんなさい。あの子、昼間に家を出ていったきり、まだ帰ってないの。『友達と一緒にいるから心配しないで』と、本人から連絡はあったんだけど」

だからあなたが誰にしろ、ゆかりに会わせることはできないの——言外に、そんな投げやりさが込められている気がした。

私は下唇を嚙《か》む。弘美の声が硬かった理由はこれか。インターホンが鳴ったとき、彼女は娘が帰ってきたのではないか、と頭のどこかで考えた。だからあんなにも反応が早かったのだ。きっと飛びつくようにして応答し、聞き慣れない少女の声に落胆したのだろう。

「わかりました。夜分にすみませんでした」

相手に見えもしないのに丁重に頭を下げ、ランは戻ってきた。十五夜が過ぎて間もない月明かりの下で、彼女の頬はひときわ青白く見えた。

「いよいよゆかりさんが心配ですね」

「でも、どうしよう。彼女の行くあてなんて、私たちにわかるわけが——」

ところがランは、迷いなく言いきった。

「一海さん、車を出してください」

「車って、心当たりでもあるのかい」

「レンの話が正しいのだとしたら、行き先は一ヶ所しかないと思います」

それで、私も尻を蹴飛ばされたようになった。すぐさま車に乗り込み、エンジンをかける。ランは遅れずついてきて、助手席に滑り込んだ。

太宰府天満宮の参道までは遠くない。念のため、路上ではなく昼にも利用したコインパーキングに駐車する。車を降りると、私たちは自然と駆け足になった。

「待って、一海さん」

松平商店まで数十メートルというところで、ランが私の袖を引っ張って止めた。彼女の指差した先に、商店の下りたシャッターにもたれかかって座り込む人影が見えた。

「わたしにまかせてください。少し話をしてみます」

今度はみずから先頭に立つことを買って出たランに、私は少なからず驚いた。だが、同時に忠告も忘れなかった。

「くれぐれも、彼女を追いつめてはいけないよ。仮にレンの説を証明する手立てがあったとしても、彼女が認めたがらないのなら、きみはその手立てを用いるべきではない。目的は、彼女を説き伏せることではないんだ」

心得ています、というランの言葉を私は信じることにした。

ゆっくりとした足取りで、ランはシャッターに近づく。それに人影が気を取られているうちに、私は隣の店の角に隠れた。

ランは人影を見下ろす位置まで歩みを進めると、体の前で手を組み、聞き分けの悪い子を諭すような口調で告げた。

「そうやって一晩じゅう、番をするつもりなの」

「誰？」

問い返した声は、まぎれもなくゆかりのものだった。ランがさっきほど緊張せずに済んでいるらしいのは、同年代だとわかっているからか、それとも相手を騙す必要がないからだろうか。言葉遣いもおのずとくだけたようになっている。

いまだ制服姿のゆかりは明らかにいぶかしんでいたけれど、ランは相手に警戒心を与えるような容姿をしていない。彼女が隣にしゃがんでも、ゆかりは逃げようとはしなかった。

「今日、お昼に法要でお坊さんと会ったでしょう。わたしはその家の者です。だけど、血はつながっていないの」

「どういうこと？」

突如始まった身の上話に、ゆかりはつられるように合いの手を入れる。

「わたし、捨て子なの。赤ん坊のとき、お寺の境内に捨てられて、そのお寺の人に拾われたの。優しい人たちに囲まれて、大切に育ててもらってる」

「そう……」

対応に困っているのだ。初対面の人間にいきなり打ち明けられて、処理できる類の話ではないだろう。中学生のキャパシティどころか、たぶん私だって持て余す。

「でもね、わたしが捨てられたときはちょっとしたニュースになったから、近所の人はみんなわたしが捨て子だって知ってた。だから小学生のころは、そのことを同級生にからかわれたりもしたの。もちろんわたしは捨て子だったってことを自覚してて、普段は気にもしていなかったけど、そういうときはやっぱり悲しくて。またからかわれてしまうことが怖くて、学校に行けない日もあった」

ランの告白に、私は口元を押さえた。知らなかった。そんな話、本人どころか家族の誰からも聞いたことがなかった。おそらく、彼女が誰にも打ち明けなかったのだ。

「家の人に相談したりしなかったの。優しい人たちなんでしょう」

ゆかりが質問する。中学生としてはまっとうな反応だ。ランはそれに、柔らかな笑みを返した。

「だって、わたしがお寺の人たちにそれを言ったら、何だか責めてるみたいでしょう。あなたたちがわたしを拾ったから、近所の人に捨て子だと知られながら生きる羽目になったんだって――もちろん、これはわたしの本心じゃない。悪いのは生んで捨てた親だって、ちゃんとわかってる。それでもあの人たちはきっと、いま言ったようなことを考えてしまうと思ったの」

優しい人たちだから。そう付け足したあとで、ランはいったん沈黙した。

私はうなだれるしかなかった。現在の彼女ではなく、まだ小学生だったころのランの思いに、私の心臓は圧し潰されそうになっていた。人の善意にばかり触れてきたのだとたかをくくっていたランも、かつては純粋でむき出しの、ゆえに強烈な悪意にさらされていたのだ。呑気すぎた自分を私はいっそ殴りたかったが、そんなことをしたらそれこそ小学生のランに激怒されてしまうだろう。だから言いたくなかったのよ、と。

「それで、相談できなかったんだね」

ゆかりはうなずいた。心から納得しているようだった。

「うん」ランは小さくあごを引く。「だからわたし、ゆかりさんが誰にも相談できなかったこと、わかるような気がするの」

ゆかりがにわかに身を硬くした。この子、あたしの何を知ってるの。けれどもランの、夜の闇の中ではおぼろにすら見える独特の存在感が、超俗的な気配が、それ以上の追及を許さない。あの少女は本当に、私のよく知っているランなのだろうか。

違っていたらごめんなさい、とランは言い置いた。その言葉は暗に、認めたくなければ認めなくてもいいとゆかりに伝えているようだった。そして、壊れやすいガラス細工の小物をそっと手渡すようにして発されたランの問いに、ゆかりははっと息を呑んだのだった。

「女の先輩たちから、このお店に嫌がらせをされているのでは？」

七

「——その子が失恋したってところまでは合っててんだろうけど。たぶん、それだけじゃないよ」

夕食後の席に意識は戻る。レンの説明は、そのようにして始まった。

「ゆかりって子は、その男の先輩と仲良くなったばっかりに、一部の女子から猛烈な反感を買ってしまったんだ。なぜならその先輩が、異性にとても人気のある人だったから」

「どうしてそんなことがわかるの」

眉根を寄せたみずきに、レンはこともなげに答えた。

「わかるさ。だってそれ、ダイソンのことだもん」

言葉の意味が脳に浸透するまで、だいぶ時間がかかってしまった。おそらく居合わせた全員がそうだったろう。

「ダイソンってあの、レンのクラスに転校してきたっていう？」これは私である。

「そうだよ。ダイソンの苗字、大村っていうんだ。音読みしただけのあだ名だよ」

偶然にしちゃできすぎだけどさ、とレンは言う。私もそう思う。

「三条から来たって話したろ。あのあと本人に確かめたら、三条って太宰府の地名らしいんだ。太宰府天満宮の北側なんだってさ。中学校が南側なら、学校帰りに商店へ連れていきやすかったのもうなずける。それに、ゆかりって子は中学一年生だろ。ダイソンはオレらと同じ二年だから、先輩と後輩という間柄になる」

あと、ダイソンはいまも陸上部だぜ。そこまでの情報をあらかじめ持っていたのなら、レンが真っ先に思い当たったのもむべなるかなである。

「だけど、それでゆかりさんが反感を買ったというのは？」

首をかしげるランを、レンは鋭く見つめ返す。

「たくさんの女子が一年生のころから、ひょっとしたら小学生のころから、ダイソンと付き合いたがってた。そうしたところにぽっと出の一年生が、部活と家の商売とを利用して彼といい感じになっている。ダイソンに思いを寄せていた女子たちが、徒党を組んでゆかりさんに嫌がらせをしようと考えてもおかしくない」

新入生に《ぽっと出》という表現はそぐわないのではないかと思ったが、私は黙っておいた。

「でも、ダイソンがいるあいだは表面化しなかった。そんなことはあいつが許さなかったはずだし、バレてダイソンに嫌われるのも女子たちは嫌がっただろうからな。――ところが夏休みの終わりに、ダイソンは転校してしまう。それを機に、ゆかりさんへの敵意は一気に噴出した。ダイソンがいなくなった寂しさが、火に油を注いだ可能性もあるよな」

「ついに嫌がらせが始まった、と?」とラン。

「あぁ。その嫌がらせへの対応が、ゆかりさんのゴミ拾いだったんだろ。つまり、商店の前にゴミを撒かれたんだよ。もしかしたら、ゆかりさんに宛てた汚い言葉で埋め尽くされた、ノートの切れ端なんかもあったかもしれないな」

レンの描写した幼稚な悪意に、その想像に、ランはいまにも窒息しそうになっていた。

「その言いぶりだと、レンは嫌がらせの主が、ゆかりちゃんの先輩女子であると確信しているのかい」

たまらず私は口をはさんだ。ランに息継ぎをしてもらう意図もあった。

「もちろんだよ。平尾さんの話じゃ、商店の前を通りかかった女子たちは《大村》と呼び捨てにしてたんだろ。ダイソンは気さくなやつだから、同級生以上ならたとえ彼のことを好きでも呼び捨てにする女子がいたって不思議じゃないよ。でも、後輩女子のすることじゃない」

「だからそれは、ゆかりちゃんを振ったことに対する、仲間意識から来る怒りの表れなのかと……」

「逆だよ。断言はできないけど、たぶんそいつらが嫌がらせの実行犯。商店を実際に見かけたことが、引き金になったんじゃないかな。会話の中に登場した《チャクい》なんてあいつってのは、ゆかりさんのことだったんだ。ダイソンは、女子にチャクいなんて言われるようなやつじゃないからね」

愕然《がくぜん》とするしかなかった。はすっぱなもの言いに、平尾が注意したくなるほどの姦《かしま》しさ。そんな女子生徒たちは、陰湿な嫌がらせをする者の人物像と重なるものなのか。しっくりくるようにも、まるで似つかわしくないようにも感じられた。

「そういえば……」ランがホワイトボードを見上げる。「平尾さんおっしゃってましたよね、制服の名前の刺繍が読み取れなかったって。一海さん、ゆかりさんの刺繍は何色でしたか」

私もホワイトボードに目をやり、彼女の言わんとしていることを察した。

「赤だよ。制服が水色だから、すごく目立ってた」

「学年によって刺繍の色が違うんだろうな。平尾さんの見かけた女子たちは、青か白か、要するに目立たない色だった。だから読み取れなかったんだ」

レンの指摘に、はぁ、とみずきが感心したような声を上げる。ホワイトボードには私たちの予定を示す、赤や青や黒の字が躍っていた。そこから刺繍の色にまで思い至る双子の鋭さに、舌を巻いているのだ。

ゆかりに敵意を抱いていた女子は、同学年ではなく先輩だった。怖かったろう。どんなに腹が立ったとしても、逆らうことなどできなかったに違いない。中学生にとっては、たった一年の差も決して越えられない壁たりうる。そして時にその壁が、みずから襲いかかって誰かを隅に追いやり、あるいは集団で誰かを閉じ込めるのだ。

「ともかくダイソンの転校をきっかけとして、すなわち二学期の始業からほどなく、先輩たちはゆかりさんに嫌がらせを始めた。標的は、ダイソンが何度も訪れたという商店だ」

レンは話を本筋へと戻す。

「とはいえ店が開いてるうちは、とても嫌がらせなんてできない。何せ大人で体格もいい、平尾さんがいるわけだからね。必然的に、実行は店が閉まっている時間帯になる」

私は平尾を思い浮かべる。注意までしなくとも迷惑そうな顔をしただけで、女子中学生にはじゅうぶんすぎるほどの威圧感を与えそうだ。あの人がいるうちはやめとこう、とは誰かしら主張しただろう。

「おそらくは早朝、ゆかりさんに先回りして参道へ行き、ゴミを撒いてたんじゃないかな。本人たちもテニス部みたいだから同じく朝練があって、そのついでに。するとゆかりさんが来るまでには風が吹いたりして、ゴミがあちこち散ってしまうだろう。それを登校途中のゆかりさんが発見する」

朝の七時半に登校するというだけでもなかなか大変である。それを、わざわざ嫌がらせをするために、さらに早めて参道に寄っていたというのか。若いエネルギーが負に傾いた瞬間の、底知れない恐ろしさを私は感じた。

「そのまま放置してしまえば、ゴミを掃除するのは毎日お店に足を運んでいる澤子さんになるかもしれない。もしかするとゴミに落書きがあるのに気づいて、大いに心を痛めるかもしれない。おばあちゃん思いのゆかりさんは、それだけは絶対に避けたかった。だから誰にも見つからないうちに、ゴミを拾わなければいけなくなったんだ」

それも松平商店の前だけでなく、参道全体にもわたって。

「嫌がらせをした当人たちは、当然ゆかりさんの反応が気になる。で、現場にとどまってゆかりさんがゴミを拾うのを目撃する。すると彼女たちはおもしろがって、次の日もまたやるわけだ。それをゆかりさんがまた拾う。捨てる。拾う。捨てる。拾う。毎日繰り返されるうちには、ゆかりさんもこう思ったんじゃないかな――《うちが商店なんかじゃなかったら、こんな嫌がらせを受けることもなかったのに》ってさ」

うちが商店なんかじゃなかったら――うちが、梅ヶ枝餅屋なんかじゃなかったら。

その台詞《せりふ》は、これまでゆかりの置かれた状況に同情するしかなかった私に、切実な痛みをもたらした。

商店ではないが、私は寺で生まれ育った。程度のばらつきはあれど、子供のころ《うちが寺なんかじゃなかったら》と思ったためしなど枚挙にいとまがない。休日に寺を手伝わされて、友達と遊べなかったこともある。人の死にまつわる穢《けが》れの観念を知った同級生に、「穢れが伝染《うつ》るから近寄るな」と言われたこともある。どうして自分は寺なんかに生まれてきたのだろう、もっと普通の家庭に生まれなかったのだろう――涙を袖で拭いつつ、解なき問いに向き合った夜は数知れない。

その代わり、寺に生まれてよかったと思う瞬間もまた少なくなかった。ゆかりもそうに違いない、というのはひとつ顕著な例が見て取れるからである。部活の帰り、好きな先輩と一緒に、おばあちゃんの焼いた自慢の梅ヶ枝餅を食べる。そんな経験は、太宰府天満宮の参道に商店を構えた家の子でなければできなかった。みんなの憧れの的だった大村と、ほかの女子が妬むほど頭ひとつ抜きん出た関係になることに、松平商店はきわめて重要な役割を果たしたはずだ。

だからこそ、反動は大きかった。大村は去り、嫌がらせの標的としての商店だけが残された。そんな厳しい現実を象徴する、悲喜こもごもの詰まった梅ヶ枝餅が、瞬間的にせよ、いまの彼女にはひどく憎らしく思われたのも無理はない。

「だから、投げつけたんだ。澤子さんに、梅ヶ枝餅をさ。投げつけずにはいられなかったんだよ」

我慢の限界だったんだ、とレンは言う。誰にも打ち明けずひとりで闘い続けるにはつらすぎたんだよ、と。

「大変」ランがすっくと立ち上がった。「わたし、行かないと」

「行かないと、って……松平さんのところに？」

顔を曇らせるみずきに、ランは間髪を容れずうなずいた。

「わたし、ご家族の方に間違ったことを教えてしまいました。ゆかりさんに手を差し伸べる機会を取り上げてしまいました。責任があるんです」

「だけんって、何もこんな時間に行くことはなか。迷惑たい」

厳しい口調でたしなめる父に、ランはかつて見せたことがないほど激しい勢いで嚙みついた。

「だめよ！　明日は月曜日なのよ。また嫌がらせが始まってしまいます」

「——わかった。私が車を出そう」

私が同調したことに、ほかの者は驚いたようだった。

「ランの言う責任はそのまま、私にもあてはまる。澤子さんと弘美さんにランの考えを伝えたのは、そっとしておいてあげてほしいとお願いしたのは、私なのだから」

言いきった私を、もはや誰も止めようとはしなかった。みずきはうろたえ、真海は不機嫌そうに唇を曲げ、そしてレンは相変わらずの鋭い眼差しで、早く行けと急かしているようだった。

こうして私たちは車に乗り込み、太宰府へ向けて夜道を急ぐことになったのである。

八

レンの話は憶測の域を出ない。家族すら頼ろうとしなかったゆかりが、初対面でしかも赤の他人のランに本当のことを打ち明けてくれるかどうか、私は微妙な線だと考えていた。

先輩たち

「……うん、そうなんだ」

だが、ゆかりは素直に認めた。

「何であなたが、そんなことまで知ってるのかわかんないけどさ。あたし、先輩たちに目つけられちゃって」

歳の近い、しかも同じ学校ではないランが相手となったことが功を奏したのかもしれない。ゆかりも本心ではきっと、誰かに聞いてもらいたかったのだろう。そんな彼女にとって、ランの身の上話は呼び水となったはずだ。

「あたしがいけないんだ。大村先輩が女子の人気者だって知ってたのに、両想いになれるかも、なんて思っちゃったから」

「いけないなんてことないよ。ゆかりさんは悪くない」

「善悪の問題じゃないんだ。世渡りに失敗したってこと」

体育座りをしたひざに口元をうずめて、ゆかりは語る。その二の腕に軽く指を添えて、ランは訊ねた。

「大村さんと仲良くなったきっかけは何だったの」

「二ヶ月くらい前だったかな。部活終わりに突然言われたの」

――聞いたよ松平。おまえんとこ、天満宮の梅ヶ枝餅屋さんなんだって？

「大村先輩とは同じ陸上部だから、それまでにも話す機会はあった。でもその瞬間、先輩があたし個人に興味を持ってくれたんだって思ったらうれしくなって、よかったら食べに来ませんか、ってつい誘っちゃったの。それ以来かな、仲良くなったのは」

「小学校は一緒じゃなかったの？」

ランが訊ねる。寺育ちの私にも似たような経験があるが、参道の商店の子だという情報は学年を超えて校内で話題になってもおかしくない。天満宮の北側と参道の裏手なら、小学校の校区もおそらく同じだろう。

ゆかりの答えはすこぶる明快なものだった。

「大村先輩、中学校に入ると同時に引っ越してきたんだよ」

なるほど。ひょっとしたら小学生のころから女子たちは大村を慕っていたのではないか、というレンの想像は外れていたわけだ。むろん大村の人柄によるところが大きいのだろうが、入学の時点でまったくの新参者だったことが、彼の人気に拍車をかけた面はあったのかもしれない。ちょうどいま、彼がレンの言うところの《転校生フィーバー》状態にあるように――だが、それにしても。

「まさか、先輩が転校するなんて思いもよらなかった。太宰府には、一年半もいなかったんだよ」

ゆかりは嘆いている。親が極端な転勤族なのかもしれないし、家庭の事情までは知る由もない。だが、それにしても短い。思うに大村の転校が周囲に与えた衝撃は、けっこうなものだったのではないか。嫌がらせに及んだ当人たちもまた、ゆかりに八つ当たりすることでしか、やり場のない寂しさを晴らせなかったのだろう。だからと言って、許されることではないが。

共感しているようにうんうんとうなずき、ランは穏やかな声で問う。

「大村さんと付き合ってたの？」

「……あたしたち、出会ってほんの三、四ヶ月だったからね」

ゆかりは明言を避けた。もしかしたら、彼女の中にもはっきりした答えはないのかもしれなかった。

「去年から想いを寄せていた先輩もいただろうし、いきなり一年のあたしがしゃしゃり出てきて、腹が立つのはわかる気がする。だけどいまとなっては、そんなことで争ったって無意味じゃない？ だってもう、大村先輩はいなくなっちゃったんだもん。先週は嫌がらせが毎日続いたけど、それもじきにやむと思っていまは耐えてるの。元々あの先輩たちとは部活も違うし、あたしには友達もいる。学校生活には何の支障もないから」

だから、お願い。そう口にするときになってようやく、ゆかりはランの顔をしかと見つめた。

「このことは誰にも言わないで。特に、おばあちゃんには」

ランが戸惑っているのが、夜の闇越しにもうかがえた。このままほうっておいたところで、ゆかりの言うように嫌がらせがやむ保証はない。だいいち、ゆかりをこの場所に残して帰るわけにもいくまい。

「……お母さんには、相談できないのかな」

ランのしぼり出した言葉はしかし、本人も苦しまぎれだと感じているようだった。ゆかりは気の抜けたような笑みを洩らす。

「心配かけたくないの。片親だから」

わかるでしょう、捨て子のあなたなら。言外のニュアンスを感じ取り、ランは沈黙してしまった。

どうしたらよいのだろう。ランと同様、私も途方に暮れてしまった。話を聞いてあげたぶんだけ、ゆかりの気はいくらか軽くなったかもしれない。でも、ゆかりが家に帰ると言い出す様子はない。

ランはよくがんばった。だが、ここらが処理能力の限界だ。だからと言って、いまさら私がのこのこ出ていったところで事態は好転しないだろう。それだけは絶対に違うと、たかだか十五年前には中学生だった自分の脳が訴えている。

思案にふけっていたからだろう。自分のすぐ脇を通り過ぎた人の気配に、私は気づくのが遅れてしまった。遠くから駆けてきたのではない。近くでしばし逡巡したのち、意を決して踏み出したような足取りだった。

「――ゆかりちゃん」

その声に、二人の少女は束の間、呼吸を忘れた。

澤子が立っていた。参道に設置された街灯を背に、ゆかりたちを見下ろしていた。

思いがけない事態に私は、わが身を隠すこともやめてそちらに近づいた。スニーカーの底が耳障りな音を立てても、誰ひとりこちらを見ようとしなかった。

澤子の眼差しは厳しかった。その迫力に私は、彼女がゆかりを無理やり立たせて連れ帰るのではないかと危惧《きぐ》した。ゆかりとランの会話を澤子がどれだけ聞いていたのかはわからなかったが、赤ん坊のころからゆかりの面倒を見てきた澤子は、祖母というだけでなく母親の役割も多分に担ってきたはずだ。中学一年生というのは、親に嘘の連絡を入れてまで、こんな時間にひとりで外にいて許されるような年齢ではない。

事態が悪化するようならば、止めに入らなければ――そう、私が思ったときだった。

澤子がふっと表情を緩めた。微笑《ほほえ》むというよりも泣き出すときに似ていた。それから彼女はゆかりの前に屈《かが》み、その手を取った。

そして、言ったのだ。

「晩ごはんも食べとらんで、お腹空いたでしょう。これ、食べんね」

ゆかりの手には、梅ヶ枝餅が握らされていた。

私は理解した。澤子の眼差しに宿る厳しさは、ゆかりに向けられていたのではなかった。たったひとりの孫を苦しめた商店の存在に、そしてその苦しみを見抜けなかった自分自身に向けられていたのだ。

初め、ゆかりは放心したようだった。それから一瞬の間をおいて、彼女の涙腺は決壊した。

「ごめんなさい、おばあちゃん。ごめんなさい――」

「よかとよ。謝らんでよか。泣かんでよかけんね」

ゆかりの背中をさすりながら優しい言葉をかける、澤子の声もにじんでいるようだった。

ランがつとこちらを見たので、私は手招きをした。そして残していく二人の邪魔にならぬよう、静かにその場を立ち去った。

九

「……澤子さん、ずっとゆかりさんを探していたのでしょうか」

帰りの車中。助手席に座ったきり何ごとかを考えていたランが、最初に発したのはそんな疑問だった。

「さぁ、どうだろうね。弘美さんのほうは、娘からの連絡を真に受けていたみたいだったけど」

片側一車線の県道に光る赤信号にブレーキを踏みながら、私は答える。

母親の弘美が薄情だと言いたいわけではない。探しにいくにしてもあの状況ではどのみち、誰かが家にいなくてはならなかっただろう。ただ、澤子は昼間、ゆかりに荒《すさ》んだ感情の矛先を向けられた張本人である。帰りの遅い孫娘を心配するあまり、自分のせいで、と考えたとしてもおかしくはない。いても立ってもいられないという気持ちは、弘美よりも強かったかもしれない。

前方の交差点を横切る車はなかった。私はからかうような調子をちょっぴり交えつつ、ランに問いかける。

「大丈夫だったかい、一日に二度もこの距離を外出して。しかも、こんな時間に」

「いいえ……正直に言って、わたしいま、とっても疲れています」

苦笑してしまう。正直に言わなくてもわかる。彼女は目に見えてぐったりしていた。

「一海さんのせいですわ。松平さんのおうちの前で、いきなりあんな無茶を言うから」

ゆかりの同級生を騙《かた》るよう指示したことを根に持っているらしい。あの場ではそうするのが最善だという判断に間違いはなかったと思うし、さして罪深い嘘でもあるまい。だが、ランにしてみれば嘘も方便とはいかないようだ。ごめんごめん、と私は詫《わ》びた。

「でも、レンの話を聞いたときにランが即断してくれなければ、私はたぶんいまから行こうとは言い出さなかったよ。結果的には、ランの言うとおりにして本当によかったと思ってる。ありがとう」

するとランはつんと澄まして、

「だってもしこのまま嫌がらせが続いて、松平商店の営業に支障をきたすようなことになったら、あの梅ヶ枝餅重ねが食べられなくなってしまいますもの。それは大きな、あまりにも大きな損失ですわ」

耳を疑った。まさか、それが本当の目的だったのか？　それとも照れ隠しの嘘ならば、上手につけるというのだろうか。

信号が青になる。エンジンの回転する音が車中に響いた。

「嫌がらせ、やむといいけど」

私のつぶやきに、ランはさほど悩むこともなく答えた。

「やむと思いますよ。ゆかりさんの言うように、肝心の大村さんがいないのではあんなことしたって虚しいだけですもの。そのうち新しい恋やなんかに夢中になったら、去った人になど見向きもしなくなると思います。中学生の日常は、めまぐるしいから」

現役中学生のランが言うからにはそうなのかもしれない。だが、レンなら違う意見を述べただろう。そんなにすぐやむわけないって。だから一海さんは甘いんだよ。しかし、これ以上私に何ができるというのだ？　その意味でも、いまはランの言葉がありがたかった。

ただし、彼女は次の一言を添えることも忘れなかった。

「大村さんには、わたしから相談してみます」

転校生も罪作りな男だ。とはいえ、もしゆかりに対して何かしらの感情を抱きながらも家庭の事情に引き裂かれてしまったのならば、彼もまたある意味では被害者なのだ。二人に交際の認識があったかどうかは知らないが、少なくともゆかりの口ぶりからは、いまはもう関わりを絶っているということで間違いなさそうだった。太宰府と夕筑は決して遠くない。大人なら障害にもならない距離だろう。けれども中学生にとってはその距離が、同じ日本のどこかにいるというのと変わらないくらい絶望的な隔たりにもなりうる。

それでも正月になったら、大村が初詣で太宰府天満宮を訪れることもあるのではないか。そのときはかつてのように松平商店の店先で、ゆかりと並んで澤子の焼いた梅ケ枝餅を――なんて、戻らない青春に夢を見すぎた大人の、押しつけがましい願望だとはわかっているけれど。

「そうそう、ランは梅ヶ枝餅の起源を知ってるかい」

お菓子に目がないランなら、あるいは知っていてもおかしくないと思った。だが、彼女はかぶりを振った。

「一説によるとあれは、大宰府に左遷されて落ち込んでいた菅原道真公の、悲惨な生活ぶりに同情したおばあさんが、元気を出してほしいという思いから道真公に餅を贈ったのが始まりだそうだよ。道真公の死後、おばあさんがその墓前に梅の枝を添えて餅をお供えしたことから、梅ヶ枝餅という名前になったんだとか」

「まぁ。ではあのお菓子は元々、人を元気づけるためのものだったのですね」

澤子さんはそのとおりのことをしたんだ。手をぱちんと叩いて喜んだランはしかし、直後には舞台が暗転するように黙りこくってしまった。

どうしたのかな。運転しつつ気を揉んでいた私の耳に、やがて彼女らしからぬ低い声が届いた。

「では、澤子さんはその起源を踏まえたうえで、ゆかりさんを探すのに梅ヶ枝餅を持っていったのだと思いますか」

話の向かう先がわからず、私は慎重に受け答える。

「どうかな。起源自体は知っていただろうね、何せ梅ヶ枝餅屋さんなのだから。ただ個人的には、あのときの澤子さんに、そんな気の利いたことをする余裕があったようには感じられなかったけど」

「でも、澤子さんは昼間の一海さんの話を、わたしの唱えた説を、信じたご様子だったのですよね。ならば、普通は考えるのではないですか。いまゆかりさんに梅ヶ枝餅を与えるのは、逆効果だと」

――それは、悪いことをしたねぇ。

確かにそのとおりだ。澤子は昼間、悪気がなかったとはいえゆかりに無理やり梅ヶ枝餅を握らせたことを悔いていた。冷静に考えることができていたなら、一日に二度も同じ過ちを繰り返すことを彼女は思いとどまったはずである。

だがそれは、裏を返せば澤子が冷静ではいられないほど、ゆかりを心配していたということになりはしまいか。

「澤子さんはね、昼間の私の話を聞いたあとでも、ゆかりちゃんを元気づけるため自分に何かできないかとおっしゃってたんだよ。だからゆかりちゃんが帰ってこないという切羽詰まった状況で、澤子さんがあらためて自分にできることを探したとき、お腹を空かしているであろうゆかりちゃんに梅ヶ枝餅を持っていってあげることしか思いつかなかったとしても、私は不思議だとも、愚かだとも思わないな」

「それは、結果的に丸く収まったから言えることではなくて？　しすぎることでかえって相手の負担となってしまうような心配なら、いっそしないほうがマシではありませんか」

そういう考えが根底にあったから、ランはゆかりに打ち明けたようなことを私たちには話さなかったのか。私たちに心配をかけることを彼女は、自分自身にとっての負担だと感じていたのだ。

ハンドルを握る手がうっすら汗ばむ。咳払いをし、私は言った。

「マシだとかマシじゃないとか、そんな理屈で人は心配するんじゃない。澤子さんだって本当は、自分の行動を正しくないものと認識していたかもしれない。それでもせずにいられない、それが心配というものなんだ」

「正しくないと思っていても、自分を抑えきれない？　どうしてそこまで心配するの」

「澤子さんにとってゆかりちゃんが、大切な孫だからさ」

言うまでもなく私はそれを、《家族だから》というのと同じ意味で口にした。けれどもランは違うように解釈したかもしれない。《血のつながった》という枕詞《まくらことば》を、勝手に付け加えたかもしれない。

次に聞こえた彼女の声は、ひどく思いつめたようなものだった。

「じゃあ、もしもわたしが、ある日突然おうちに帰ってこなかったら――」

そのとき頰に感じていた、突き刺すような視線に私が応えなかったのは、彼女のほうを見るのが怖かったからではない。あくまでも、車を運転していたからだ。

「一海さんは、わたしを捜しにきてくれますか」

私は思い出していた。ランがゆかりに打ち明けた話を。私に聞かれていることを承知で、彼女が選び抜いた言葉のひとつひとつを。映写機のフィルムを力いっぱい引っ張るように、ごく一瞬のあいだにすべてを、余さず脳裡《のうり》に投影しつくした。

ミラーで後方を確認する。後続車はない。私は公道のど真ん中で、ブレーキを踏んで車を停めた。そして、先ほど応えられなかった視線にまっすぐ向き合った。

「当たり前じゃないか」

――どこまでもきみを捜しにいくよ。私なりの《梅ヶ枝餅》を携えて。たとえそれが、どんなにきみの負担になろうとも。

「よかった」

ランは笑った。心の底から、ほっとしたような笑みだった。

「……おうち大好きなランにそんな真似ができるとは、とても思えないけどね」

車は再び県道を南下する。わかりませんわよ、とむきになったランの声音が、涼しさを増す秋の晩に柔らかな火を灯してくれた。

第三話

子を想う

一

「――一口に仏像と言われる中にも、さまざまな種類がありましてな。たとえばお釈迦さまのことを釈迦如来と呼ぶことからもわかるように、如来というのは悟りを開きんしゃった仏さまのことでして、ほかにも阿弥陀如来や薬師如来なんかがおりますばい……」

道然寺《どうぜんじ》の本堂にて、住職の真海《しんかい》による仏像の解説が始まった。正面の須弥壇《しゅみだん》に仏像が並び、住職はその手前、お供えものなどを置くための御宝前《ごほうぜん》と呼ばれる壇に寄り添うようにして立っている。そして僧侶が読経をするためのスペースである、一段高くなった内陣《ないじん》に、今日は檀家さんたちが集められていた。

方言と丁寧語の微妙に入り混じった、身内からするとやや違和感のある住職の語りに、檀家さんたちはふむふむとうなずきつつ耳を傾けている。ある人はエプロンをまとい、またある人はマスクとほっかむりをし、身を乗り出して仏像に見入るさまは、はたからながめれば何だか異様な光景かもしれない。そんなことを考えながら私は、内陣と外陣《げじん》を仕切る結界の外に立ち、足袋《たび》越しに冷えた畳の温度を感じていた。

今日は道然寺の年に一度の恒例行事、煤《すす》払いの日である。

いわゆる歳末の大掃除のことだ。わが国では伝統的に十二月十三日とされてきたことにあやかって、当寺でも毎年十二月の第二土曜日に、有志の檀家さんを募っておこなわれる。中心となるのは本堂とその周囲で、われわれ寺の人間と一緒に仏像のほこりを払ったり、仏具を磨いたり、外の落ち葉を掃いたりしてもらう。

あくまでもボランティアという形でお願いしており、檀家さんたちに謝礼を払うことはないが、何らお返しをしないわけでもない。午前中に始まる煤払いが一段落すると、そのまま当寺が振る舞う寿司や鉢盛を囲んでの忘年会に移行するのだ。寺は大掃除できれいになってとても助かるけれども、檀家さんにとってはこちらがメインのようなものである。寺と檀家さんの、また檀家さんどうしの親睦を深める目的から始まったこの会は実際に成果を上げているようで、煤払いへの参加者はここ数年、増加傾向にある。人とのつながりが希薄になりつつあるように感じる現代社会において、寺院が一種のコミュニティの役割を果たせるのであればこんなにうれしいことはない、と私は思う。

さてその煤払いだが、掃除を始める前にまず短いお経を読む。これは仏像の御霊《みたま》抜きの意味を持つ。仏像に触れるにあたって、魂が入ったままではあまりにおそれ多いので、モノとして扱えるように魂を抜いておくのである。そのあとで住職が、これから磨く仏像がどのような仏さまであるのか、ということを解説するのが恒例となっている。

「こっちの観音さまは、正確には観音菩薩といって、この菩薩ちゅうのは悟りの境地に達することを目指して修行中の仏さまです。ばってん、修行が足らんということではなくて、衆生《しゅじょう》を救うためにあえて菩薩のままでいるとされ……」

集まった檀家さんは三十名ほど、みな住職の話に熱心に聞き入っているように見える。とはいえ仏像が増えたり変わったりすることはめったにないので、この話も毎年同じことの繰り返しである。当然ながら、住職の息子であり僧侶の私にとってはわかりきった内容だし、毎年この煤払いに参加し続けている檀家さんはもう聞き飽きているかもしれない。

そしてここにもまた、住職の話に飽きた者がひとり。内陣の端に置かれた銅鑼《どら》のもとへふらふらと近づき、邪魔にならない程度の音量を保ちながら指先でコツコツ叩き始めた。

「こら、レン。何やってるんだ」

私がそっと近寄って言うと、レンは悪びれる様子もなく答える。

「リズドラの練習。本物の銅鑼でやったほうが、はかどるかと思って」

《リズム&ドラゴン》なる、スマートフォン用のゲームのことだ。レンがかよっている中学校で一大ブームとなっているそうで、彼が居間でプレーする姿をしばしば見かけるので私も知っている。音楽に合わせて画面をタップすることで、ドラゴンが銅鑼をゴンと叩くという、くだらない洒落《しゃれ》から開発された悪ふざけのようなリズムゲームである。

「やめなさい。仏具で遊ぶんじゃない」

私は小声で注意する。レンは銅鑼に添えていた両手を頭の後ろで組み、唇を尖らせた。

「ちぇ、つまんねぇの。掃除するならさっさとしようぜ。こんな、もう何べんも聞いた話なんかやめてさ」

中学二年生の男子で記憶もしっかりしているはずの彼が、仏像の話にうんざりしてしまうのは無理もない。ひそかに同情しつつ、私は彼をなだめた。

「年に一度しか仏像に接する機会がないから、一年前に聞いた話を忘れてしまう方も多いんだよ。それに、初めての方もいらっしゃる」

「いいよな。ランは掃除を手伝わなくても許されるんだから」

レンは憎まれ口を叩いて銅鑼を離れ、普段私がお経を読むときに座る曲彔《きょくろく》に腰を下ろした。彼の双子の姉であるランは人の多い場所が苦手で、大勢の檀家さんの前に出ると緊張で青ざめてしまうので、いまも自室にこもっているはずだ。

レンが曲彔に座ったことも、いつもならとがめるところではある。しかしながらランとの扱いの差を考慮し、今日だけは大目に見てやるかという気になった。

そんなレンとは対照的に、新鮮な気持ちで住職の話を聞いている者もいる。

「へぇ、そうなんだ。勉強になるなぁ」

さっきから私のかたわらでしきりに独り言を口にしているのは、お手伝いの古手川《こてがわ》みずきである。彼女は今年から道然寺に住み込んで働き始めたので、住職による仏像の解説を聞くのは初めてだ。はたちという若さでこのような話に興味を持つとは感心だ――あるいは、若さこそが素直に話を聞こうという精神の源となっているのかもしれない。

住職の解説はようやく最後の仏像へと移る。一般的な成人女性ほどの大きさのそれを片手で指しながら、彼は言った。

「そしてこの仏像が、鬼子母神《きしもじん》さんですばい。安産・子育ての母神として、広く信仰されとりまして……」

その言葉に、何やら反応したものらしい。みずきが突如、両の手のひらをぱちんと打ち合わせた。

「そういえば――」

「どうしたの、みずきちゃん」

振り向いた私の耳元に、彼女は唇を寄せてささやく。

「一海《いっかい》さん、あとであたしの部屋に来て。二人きりで話がしたいの」

年ごろの女性のプライベートに配慮し、みずきが住み始めて以降、彼女の部屋にはまったくと言っていいほど足を踏み入れていない。思わぬ誘いにまごついていると、みずきはこちらの顔を見てニヤリと口元をゆがめた。

「もしかして一海さん、妙なこと考えてる？」

「バ、バカなことを言うんじゃないよ」

つい、声が大きくなってしまった。三十名ほどの檀家さんの視線が、一斉に私へと注がれる。

住職がこちらをにらんで怒鳴った。

「仏さまの話ばしよるとに、バカなこととは何ね。バカのごと大きな声出してから」

「すみませんでした、住職。こちらの話ですので、どうかお気になさらず」

実父とはいえ仏門では師匠にあたるので、私は丁重に頭を下げる。住職の語りが再開されるのを待って顔を上げると、隣でみずきがくつくつと笑っていた。

「一海さん、からかい甲斐《がい》があるなぁ。くくく」

ちょうど十歳も年下の娘に、この言われようである。何とも情けない。

「もう、きみの部屋へなんか絶対に行ってやらないからな」

せめてもの意趣返しにと、私はぶすっとして宣言する。けれどもみずきはてんで取り合わなかった。

「ごめんごめん。ちょっと相談したいことがあるんだ。煤払いと忘年会が終わったあとでいいから、よろしくね」

折しも住職の話が終わり、檀家さんが散り散りになるのに合わせて、みずきは私のもとから離れていった。読経のために袈裟《けさ》を着ていた私と住職は、動きやすい格好に着替えるべく、ここでいったん住居のほうへ引っ込むことになっている。

本堂を出て廊下を歩く途中、私は先の件について再度、住職から小言を食らった。三十歳にもなって父親からは怒られ、中学生の男の子にはナメられ、果ては手伝いの女性にさえからかわれる。この寺における私の立場っていったい——そんなことを考えていると、無性に泣けてくるのだった。

二

煤払いと忘年会は滞りなく終了した。檀家さんのひとりが持ち込んだ家庭用カラオケを使っての喉自慢大会が思いのほか盛り上がり、全員が帰って片づけが済むころには夕方の四時を回っていた。

茶を飲んでほっと一息ついたところで、みずきが私に目配せをしてきた。居間には真海、レン、そして自室から出てきたランが勢ぞろいしていたが、少なくともそのうちの誰かにには内緒にしたい相談のようだ。

みずきが先に居間を出ていくのを見届けた数分後、私は便所に立つふりをして、さりげなく彼女の部屋へ移動した。引き戸を開けると、彼女はデスクの前の回転椅子に腰かけている。ほかに目立つ家具は書棚とベッドと小さな座卓、いずれも私が若い女性の部屋にありそうなものとして想像するよりはシンプルな、白を基調としたデザインで統一されている。彼女はこの寺の中では唯一の、フローリングの洋間を自室としていた。

「なかなかこぎれいにしてるじゃない」

私は久々に入った部屋の感想を述べる。みずきはまぁね、と心持ち胸を反らして、

「どうぞ、ベッドにでも座って」

抵抗がなかったと言えば嘘になるが、ここでうろたえて再びからかわれてもかなわない。素直にベッドの端に腰を下ろし、みずきと向かい合った。

「長居して誰かに察知されるのも面倒だし、さっそく本題に入ろうか。相談というのは」

「だね。あたし昨日、英会話教室に行ってきたんだけどね」

みずきは毎週金曜日に、福岡市内にある英会話教室にかよっている。遠方にある実家から、道然寺で働くためにはるばる夕筑市へやってきたこともあり、彼女は元々こちらに友達がいなかった。そこで、寺のほかにも人と交流する場を持っていたほうがいいという私の助言を受け、英会話教室にかようことにしたのだ。

英会話教室の授業は夕方だが、たいてい同じクラスのメンバーと食事をして、帰りは夜になる。ではそういう日、道然寺の夕食はどうなるかというと、私がスーパーでお惣菜を買ってきたり、時にはランと協力して料理をしたりする。みずきが働いてくれるおかげで道然寺の生活は円滑に回っているが、この先もずっとそうであるとは限らない。彼女がいつ転職や結婚などの理由で寺を出ていくかわからないし、そうなったとき私たち寺の人間が彼女の枷《かせ》となって引き止めてはいけない。彼女がいなくても生活できるよう、私たちも心の準備をしておく必要がある。もっとも、父はそれまでに身を固めるよう私に再三迫るが、あいにくとそちらのほうは難航している。

「同じクラスに、優奈《ゆな》さんって人がいるんだ。専業主婦なんだけど、旦那さんのお仕事が忙しくて家にいないことが多いぶん、毎回とはいかないまでもわりとよく食事会に参加してくれるから、仲よくってね。今年で三十路《みそじ》だって言ってたから、たぶん一海さんと同い年だよ」

「へぇ。それで？」

「実はあたし、その優奈さんから昨日、お供養《くよう》を頼まれたんだ」

それは授業が終わり、親しいメンバーと連れ立って教室を出ようとしたときだったという。その日の食事会への不参加を表明していた優奈が、そそくさとみずきに近寄り、何やら思いつめたような表情で訊ねてきた。

——みずきちゃん、確かお寺のお手伝いをしてるんだったよね。そちらの方に、水《み》子《こ》供養をお願いできないかしら。

「水子？」

さほど意外というわけでもなかったが、私はみずきの言葉を復唱していた。

水子というのは、流産や堕胎などの事情により生まれることなく亡くなった胎児のことである。仏教においては原則的に水子の葬儀を営むことはないが、親の希望によって供養をおこなうことは多く、故人と同様に戒名を授け、位牌を作る場合もある。

みずきはうなずき、やや硬い面持ちで続けた。

「優奈さん、結婚して五年になるんだけど、なかなか子供ができないみたいでね。といっても、結婚して間もないころに一度だけ妊娠したらしいんだけど、その子は安定期に入る前に流れちゃったそうなの」

私は口を結ぶ。悲劇ではある。夫婦は大いに嘆き悲しんだことだろう。だが、決してめずらしい話ではない。私自身、寺にいるとしばしば流産した水子の供養を依頼されるし、そうした夫婦が立ち直って元気な赤ちゃんを授かるところも少なからず見てきた。

感情の問題はさておき、生殖機能という観点からは、少なくともその時点で夫婦に問題はなかったわけだ。みずきもそれを踏まえたうえで、ほかに何か不妊の原因があるのかもしれないね、と語った。

「でね、あるとき優奈さんが、身内から訊かれたらしいの。——水子はきちんと供養してるの、って」

何となく事情が読めてきた。

「優奈さんは、水子を供養しなかったんだね」

みずきはうなずくようなうなずかないような素振りで、

「しようと思ったことはあったけど、ずるずると機会を逃すうちに、供養しないままになっちゃったんだって。デリケートな問題だし、あたしも世間の常識とかはあんまりよくわかんないけどさ。悲しいことを思い出さないようにするのは、決して悪いことじゃないでしょう？　だけど優奈さんは身内にそんなことを言われて、水子の供養ができてないから新しい命を授かれないのかもしれない、って真剣に悩んでるみたいなの」

「はぁ……それで、住職じゃなくて私に相談したってわけか」

優奈が思い浮かべているのはきっと、《水子の祟《たた》り》といった類の言葉だろう。しかし僧侶の私に言わせれば、そもそも水子は祟るようなものではない。それに、種々のうまくいかないことを霊やなんかのせいだと考えるのも、なすべき対処を見誤りかねない点で善し悪しだと私は思う。優奈と夫が妊娠のために何をしたのかは定かでないが、一般論としては水子供養をするより、病院にかかって不妊治療に取り組むほうがはるかに有益だろう。

だが父であり住職の真海は、率直に言って水子のことを気に病む女性に配慮の行き届いた言葉遣いができる人ではない。また、水子供養が全国に広まったのは一九七〇年代のこととされるが、そのころはまだ若かった父が新たな供養の形にいかなる影響を受けたのかは、子である私にさえ判然としない。《水子はきちんと供養せんといかんですばい》などと、優奈本人に言い放ってしまう可能性もないとは言いきれないのだ。

「万が一そんなことになっちゃったら、まるで供養をしなかった優奈さんが悪者みたいでしょう。優奈さんだって、流産したことで相当に悲しんだはずなのに」

みずきもまた住職の性格を把握したうえで、優奈のことを気遣った結果として、私に相談を持ちかけたわけだ。付き合いは一年に満たないが、彼女は人をよく見ている。

「そうだね。みずきちゃんの判断は正しかったと思うよ」

「じゃあ、引き受けてくれる？」

私は首を縦に振った。

「もちろん。水子を供養することで優奈さんの心が軽くなるのなら、それもまた不妊治療の助けとなるかもしれないしね。精神的ストレスがないに越したことはないだろうから」

「ありがとう、一海さん！」

みずきは安心した様子で微笑《ほほえ》む。そもそも供養を依頼されて断ることは基本的にないのだが、何にせよ感謝されるのは悪い気分ではない。

それから私たちはそろって居間へ戻った。そして予定の書き込まれたホワイトボードを確認しつつ、優奈とも連絡を取り合って日取りを検討し、住職が法要で不在の日に、道然寺の本堂にて水子供養を執りおこなう運びとなった。

三

翌週の平日、昼間のことである。

「ごめんください」

約束の時間の五分前にドアホンが鳴り、玄関に出てみると女性が立っていた。黒のコートにグレーのマフラーを巻き、くすんだ空の下を吹く寒風に長い髪をなびかせている。

「坂下《さかした》優奈さんですね。お待ちしておりました」

「本日はよろしくお願いいたします」

ゆったりと腰を折る動作を見て、たおやかな女性だな、と思った。私と同い年ということだったが、だいぶ歳上のように感じられる。もっともそれは老けているというのではなく、大人びている、落ち着いていると表現したほうが正しい。

こちらこそ、とあいさつを返しているうちに、みずきがやってきて優奈を屋内に招き入れた。廊下を案内しながら、みずきは優奈の持参したお供えものを受け取る。駄菓子がいくつかと、小さな紙パック入りのりんごジュース、それにひよこのぬいぐるみ。事前にみずきを通じて何を用意すればいいかと問われたので、子供が喜びそうなものをお供えしてはどうか、と助言しておいたのだ。

今回が初めての水子供養ということで、流産の直後に戒名を授けたり、位牌を作ったりはしなかったらしい。みずきが飾りつけた御宝前に水子供養のための卒塔婆《そとば》を立て、私は座布団に正座した優奈に訊《たず》ねる。

「旦那さんは、一緒じゃなくてよかったんですか」

「えぇ……あの人は、忙しいから」

何だろう、答える彼女の姿に私はどことなく、ぎこちないような感じを受けた。だが、もちろんそれを指摘できるはずもない。ろうそくに火を点《つ》けて線香を立て、磬子《けいす》――小さな座布団に置かれた鉢型の鐘――を鳴らして供養を開始した。

およそ三十分の読経のあいだ、みずきも優奈に付き添ってずっと座っていた。途中、お焼香をするよう優奈をうながしたが、彼女は明らかに不慣れな様子だった。供養のあとで雑談がてら、私はそのことに触れてみた。

「こうしたお供養や法要などに参列されたことは、あまりないですか？」

すると優奈は、いささかの苦笑を交えて言った。

「普通は親戚の付き合いなどで出ることもあるのでしょうが……恥ずかしながらわたし、実家とは縁が切れているもので。先祖代々のお墓がどこにあるのかもよく知らないんです」

聞くと、優奈の両親は彼女がまだ幼いころに離婚し、優奈は実父に引き取られ暮らしていた。ところが、彼女が中学生のときに実父が再婚し、継母とのあいだに子供ができたのちは、継母からの露骨な差別を受けるなどして、優奈は孤独な思春期を過ごしたのだそうだ。何とか継母に嫌われぬよう苦心する生活に限界を感じ、高校を卒業すると同時に実家を飛び出して以降は、家族と関わりを持つこともなくなり、もう十年以上も音信不通の状態が続いているのだという。

同情を禁じえない話の結論として、穏やかな口調を保ちながら優奈が《現在は自分にも家庭があるから幸せだ》と語るのを聞いたとき、私は彼女を美しい人だと思った。ただ一方で私は、彼女の人当たりの柔らかさは継母の顔色をうかがわざるを得なかった過去に起因しているのかもしれない、というようなことをも考えずにいられなかった。

「そうだ、優奈さん」

みずきが立ち上がり、優奈を内陣へ連れていく。鬼子母神像の正面に来ると、みずきはくるりと振り返って言った。

「この仏像が、安産と子育ての神さまなんだって。一緒にお参りしておくといいよ」

そのあとでみずきがこちらを見るので、私はにこりとしてうなずく。優奈は鬼子母神像の手前に置かれた香炉に線香を立て、長めの合掌をしていた。

顔を上げたとき、優奈の目は私のほうを見すえていた。

「これで、元気な子を産むことができるでしょうか」

これには私も、何と返したものか……と悩んでしまった。供養したから妊娠する、という単純なものでないことは当然だが、いまここでそれを言ってしまっては身も蓋もない。だいいち、そんなことは優奈だって言われるまでもなく理解しているだろう。そのうえで彼女は僧侶である私に、何らかの言葉を求めているのだ。

「お供養しようという心がけはたいへんよいものです。きっと水子も喜んでいることでしょう。ですが、水子は祟ったりする存在ではありませんから、これまで供養しなかったからといって優奈さんが後ろめたさを感じる必要はないのです。水子もあの世でご両親を見守ってくれているでしょうから、今後は安心して――」

子作りに励んでください、とは口が裂けても言えない。私は一瞬の動揺を咳払いに変え、次のように締めくくった。

「新たな命に出会える日を待ちましょう」

「はい。ありがとうございました」

優奈の表情は晴れやかだった。供養したことで気が楽になったのならば、何よりである。

最寄り駅からはタクシーに乗ってきたと優奈が話すので、電話で道然寺までタクシーを呼んだ。優奈を乗せた車が道を折れて消えるのを玄関先から見送ったところで、隣に立つみずきが深呼吸をし、言う。

「久々に、一海さんのお経を最初から最後まで聞いたけどさ」

普段は私が法要をするあいだ、みずきは来客や電話に備えて居間にいるので、毎日同じ寺で過ごしながら、みずきがお経をちゃんと聞く機会は多くない。今日だって、供養の途中で電話やドアホンが鳴れば、みずきは本堂を出てそちらに応対しなければならなかった。たまたまそういうことがなかったので、終始、優奈に付き添っていられたのである。

「聞いたけど、何？」

「こうして聞くと一海さん、お経が上手だな、と思って。と言ってもあたし、お経の上手下手なんてよくわかんないんだけどさ。何かこう、朗々としていて心安らぐような響きがあるよね」

「はぁ、そりゃどうも。何だかくすぐったいね」

「一海さん、あたしから見てもまだまだ若いけどやっぱり、だてに修行してないんだな、と思ってさ」

それは私も幼少期より父親にお経を仕込まれてきたし、一人前の僧侶になるために、本山《ほんざん》の主催する修行にも参加した。それらの経験があるからこそ、水子供養などもおこなえるわけだが……。

「だてに、って。もうちょっとマシな褒め方はなかったのかい」

「だってほら、いつもはからかい甲斐のある感じで、威厳なんてないじゃない？　だけどあやってお経を読んでたら、けっこうさまになってるもんだから、あたしもあんまりからかっちゃいけないなって反省したわけよ。――おっと、電話だ」

何とも都合のいいタイミングで鳴った電話に出る体《てい》で、みずきは笑いながら私のもとから逃げていった。面と向かって威厳がないと言われる情けなさに、若い子には敵《かな》わないなと思いつつ、外から吹き込む寒風がいやに目に染みて、私はしばし眉間を揉んだのち玄関の戸を閉めた。

四

道然寺は初詣の参拝客を大勢集めるような寺院ではない。が、それでも注連縄《しめなわ》や鏡餅の飾りつけ、御幣《ごへい》と呼ばれる祭具――切れ目を入れた白い紙を折って、ジグザグ状に垂らしたもの――の交換、各檀家に配布するお札の準備などに追われ、年末年始は慌ただしく過ぎた。また一月は冷え込む時期であるからか一年でもっとも死者の数が多く、今年も例に洩れず続々と舞い込む葬儀の依頼に住職と二人で対応し、目が回るほどの忙しさをやり過ごしているうちに、気づけば優奈の水子供養の日からはひと月ほどが経っていた。

一月第三週の週末。私が道然寺の居間にいるときに、ドアホンが鳴った。

モニターを見てみると、見知らぬ男性が立っている。すぐに、玄関そばの廊下を掃除していたみずきが応対する姿が見え、彼女が画面から消えたおよそ十秒後、居間のふすまが開かれた。

「一海さん、ちょっと」

みずきの顔には、明らかな当惑の色が浮かんでいる。

「どうしたんだい。いまの方、檀家さんではなさそうだけど」

「それが……あの人、優奈さんの旦那さんらしいの」

「旦那さんだって？」目が点になる。「どうしてまた」

「わかんないけど、あたしたちに話があるみたい。一緒に来てくれる？」

そう言われると、顔を出さないわけにはいかない。しかしひと月も前に水子供養をした女性の夫が、私たちにいったい何の用だろうか。

事情は不明であるものの、水子供養の件を詳しく知らない住職が法要で留守なのは幸いだった。みずきのあとに続く形で、私は玄関まで出向き、客人を寺の中へ迎え入れた。

道然寺ではお斎場《ときば》と呼ばれる、法事の際に参列者が食事をするための広間の一部を仕切って、客間としている。畳敷きの部屋の中央に置かれた座卓の、奥のほうに優奈の夫を座らせ、私は向かいに腰を下ろした。突然の来客であり、また用件も見えないので、さしあたり袈裟ではなく普段着――カジュアルな洋服のままである。

みずきは優奈の夫からダウンジャケットをあずかり、部屋の隅の衣桁《いこう》にかけると、いったん隣の炊事場に引っ込んだ。相手が黙っているので、当たり障りのない自己紹介から始める。

「初めまして。私は道然寺の副住職、窪山《くぼやま》一海と申します」

「どうも。優奈の夫の坂下俊一《しゅんいち》です」

それだけを言い、再び沈黙する。いやにぶっきらぼうで、好意的でないことは容易に見て取れた。目線を私から逸らし、そわそわと落ち着きなく短髪を撫でつけている。私や優奈と同年代らしいが、淡い緑のセーターやベージュのスラックスといった服装の趣味は、もう少し歳上のそれである。

ほどなくみずきが、お茶を淹れるための道具を一式載せた盆を手に戻ってきた。急須から湯呑みに茶を注ぎ、茶菓子とともに客人に出す。それだけでは相手が遠慮して口をつけない場合があるので、私の前にも湯呑みを置き、彼女は私の横にちょこんと座った。

俊一は特に遠慮する素振りも見せず、音を立てて茶をすすった。そして、ことりと湯呑みを置き、太い眉に力を込めて私に告げた。

「うちの妻が、世話になっているようで」

どうも、言い方に険がある。微妙に受け流すつもりで、私は問う。

「今日、奥さまは……」

「いませんよ。彼女に黙って、ぼくひとりで来ました」

言いながら、彼は脇に置いたクラッチバッグから名刺入れを取り出し、座卓の上を滑らせるようにして名刺を差し出した。身分をはっきり明かすためか、もしくは単に初対面の相手に渡すのが習慣となっているのかもしれない。

低頭して受け取った名刺を、みずきも横からのぞき込んできた。勤務先は、誰もが名前くらいは聞いたことのある有名企業だ。裏返してみると、同じことが英語で表記されている。

「うちは外資系企業で、海外へもしょっちゅう出張するのでね。国内外兼用というわけです」

俊一が説明する。どこか鼻にかけるような響きがある……気がするのは、外国に免疫のない私の受け取り方の問題かもしれない。

それで、と俊一は、あぐらをかいたひざに両手を打ちつける。

「供養の件ですが。金を取ったんでしょう」

取った、とはあんまりな言い草である。むっとするのを何とか顔の奥に押しとどめ、私は答える。

「それはまぁ、タダでというわけにもまいりませんから」

実際はそうとも限らない。すべては供養を希望する方の《お気持ち》である。しかし、では無料で供養したとして、果たして本人はそれでよしとするのか。おしなべて仏事というのは、きちんと心を尽くして供養した、と本人たちが思うことに意義がある。優奈からも、決して安くはない額のお布施を受け取っていた。

「別に、金返せって言いにきたんじゃありませんよ」俊一は下唇を持ち上げる。「その程度の金すら惜しむほど、ぼくの稼ぎは少なくないし、事情がどうあれ供養をしていただいたことは事実ですから、対価は支払われるべきです」

「はぁ……失礼ながら、いまひとつ話が見えないのですが」

すると俊一は数瞬、私の双眸《そうぼう》をじっと見つめた。そして、そこから視線を動かさずに告げた。

「実はこのたび、妻が妊娠しましてね。数日前に聞かされました。十二週だそうです」

「――おめでとうございます！」

打てば響くように反応したのは、隣で縮こまっていたみずきだった。突然の報告に意表を衝《つ》かれた私も彼女に追従しようとしたものの、俊一の表情を見て思いとどまる。明らかに、おめでたいことをわざわざ話しに来てくれたという態度ではなかったからだ。

「あの……それで、今日こちらにいらしたのは」

あらためて、私は用件を確かめる。俊一は少し曲げた右手の人差し指を私に向けて、とんでもないことを言い出した。

「——あんた、うちの優奈に手を出したんじゃないだろうな?」

そのときなぜか私の頭の中で、銅鑼の音がゴォンと鳴り響いた。その響きが収まるころにようやく自分の置かれた状況を理解し、私はパニックに陥った。

「バ、バカなことを言いなさんな!」

「バカなこととは何だよ。その慌てぶり、怪しいもんだな」

「一海さん、まさか……」

こともあろうに、みずきまでが横目で私をにらんでいる。

「みずきちゃん、騙《だま》されるんじゃない。そんなことがあるわけないだろう。だいいち、仏教には不邪淫戒《ふじゃいんかい》という言葉があって、在家信者でさえ淫らな性行為をすることは固く禁じられているというのにだね……」

「教義なんかどうだっていいんだよ」

俊一が大声で遮ったので、私はわれに返って沈黙した。

「優奈は自分の家族のことがトラウマになっているらしく、あまり人と深く関わりたがらないところがあるんだ。ぼくだって、彼女に心を開いてもらうのにどれだけの時間と労力を費やしたことか。まして、まわりにぼく以外の男の影がちらついたことなど、いままでただの一度もなかった。──それが、妊娠が判明するや、だよ。彼女はことあるごとに口にするんだ、『和尚《おしよう》さんのおかげだわ』って。そうやってしきりに、水子供養をしてもらったことをありがたがるのさ。まったく、いまさらうちのおふくろの手紙を読んで感化されちまったわけでもあるまいに」

では、優奈に水子供養をしたのかと訊ねた身内というのは、俊一の母、優奈にとっての義母だったのだろうか。そういえば、優奈は家族とは縁を切っていると言っていた。身内という言葉の解釈にもよるが、当てはまるのは俊一の側の親族しかいないようにも思える。

「しかし、どうしてそれが不倫ということになるんです」

私が口をはさむと、俊一はむすっとして答える。

「ひとつはこの五年、なかなか妊娠しなかったのに、供養をしたとたんに授かったらしいということ。もうひとつは『和尚さんのおかげ』という台詞《せりふ》の真意だよ。優奈は出会って間もない男に簡単に体を許すような軽い女じゃないけど、かたくなに心を閉ざした相手をうまく懐柔するってのは、坊さんにとっちゃ得意分野だろうからな」

まるで僧侶が悪徳な詐欺師ででもあるかのような言い草である。いまのところ俊一は不倫を疑った結果として私に敵愾心《てきがい》を抱いているように見えるが、もしかしたらそれだけではない何かがあるのかもしれない。

「まだあるぞ。もうひとつ、決定的な理由が」俊一は自身の言葉にヒートアップしているようだ。「いいか。さかのぼって計算すると、優奈が妊娠したころ、ぼくはひと月にわたる海外出張の最中で、優奈と住んでいる自宅どころか日本にすらいなかったんだ。これについては、優奈もその間に水子供養をおこなったことを認めている。ぼくがいたら、反対されると考えたからだろうがね」

夫がいない時期に妊娠したのなら、不倫以外に考えられない――俊一はまくし立てるが、やはり大きな誤解があるようだ。私はあえて茶をすることで相手に冷静になる時間を与え、そのあとで毅然《きぜん》として告げた。

「先ほど、優奈さんは妊娠十二週だとおっしゃいましたね」

「そうだよ。それが何か」

「私が初めて優奈さんにお会いし、水子供養をして差し上げたのは、ほんのひと月前のことですよ。十二週というのが事実なら、優奈さんはその時点ですでにご懐妊なさっていたはずです。こう言っちゃ何だが、私のおかげでも何でもない、ということです」

すると俊一はぽかんとし、次いで頬を紅潮させた。

「苦しまぎれの嘘はよせ。妻からは、水子供養はちょうど三ヶ月前だったと聞いているぞ。じゃないと妊娠以前にあたらないからな」

「いいえ、一海さんの言っていることは正しいですよ。同じ英会話教室にかようあたしが、優奈さんをここへ連れてきたんですから。水子供養の相談を持ちかけられたときには、まわりにほかの生徒もいたから、証明できると思います」

みずきが擁護してくれるも、俊一は断固として認めない。クラッチバッグを探りながら、次のように宣言した。

「こっちには、そんなことはありえないという証拠があるんだ」

そして彼が座卓の上に叩きつけたのは、産婦人科の領収書だった。

「妻から聞いたけど、妊婦ってのは医療費がかさむから、関連する領収書を全部取っておいて確定申告の際に控除を申請するといいらしいね。納税者であるぼくの医療費も対象だってことで、とにかく病院に行ったら領収書を捨てないように、としつこく念を押されたよ」

私とみずきは額を合わせて領収書に注視する。みずきが先んじて訊いた。

「これのどこが証拠なんですか」

「日付を見てみろよ。妻はその日を境に、定期的に産婦人科へかよってるんだ。仮に領収書の保存忘れなんかがあったとしても、妊娠が発覚したのがその日よりあと、ということは絶対にない」

言われたとおりに日付を確認する。直後、みずきが驚きの声を上げた。

「嘘、これ――」

領収書の日付は、水子供養をおこなった日より十日も前だった。

つまり優奈は、自身の妊娠を知ったうえで、妊娠のためという名目のもとに、道然寺へ水子供養をしにきたことになるのだ。

五

――これで、元気な子を産むことができるでしょうか。

私は真っ先に、優奈の台詞を思い出していた。

《産む》という言葉を私は、妊娠するところから含めたものと解釈していた。が、あのとき優奈がすでに妊娠を自覚していたとなると話は変わってくる。元気な、という形容詞がわざわざ添えられていたことからも察せられるように、彼女はそのままの意味で《産む》と口にしていたのだ。

「水子供養に妊娠の効能があるか否か、という点はこの際抜きにしよう。だが妻は、そのために水子供養をおこなったと明言しているんだ。その時点で妊娠を知っていた、なんてどう考えても筋が通らないだろう。あなたは嘘をついている」

俊一はそう言って再び私を指差した。私に言わせれば嘘をついているのは間違いなく優奈なのだが、そのように主張したところで納得してもらえるとは思えない。真冬なのにこめかみに浮かんだ汗を手のひらで拭い、取りつくろう。

「そう言われましても、こちらとしては事実を申し上げているまでで……」

「いい加減にしろ。水子供養をきっかけに、なかなか妊娠することができず悲嘆に暮れる妻に言い寄ったんじゃないのか――」

「あんたこそいい加減にしなさいよ！」

突如、私のすぐそばで爆発が起こった。

みずきが両手で座卓を叩き、俊一を怒鳴りつけたのだ。

思いがけない事態に、私と俊一はそろって言葉を失う。爆発は一言では収まらず、みずきは俊一のほうに身を乗り出してまくし立てた。

「せっかく念願の赤ちゃんを授かって、優奈さんもこれから大変ってときに、奥さんのサポートをするどころか不倫を疑ってこそこそ調べ回るなんて最低！　だいたいねえ、この一海さんは、ちょっとあたしの部屋に来てって言っただけでモジモジしちゃうような、三十歳にもなってどうしようもなくうぶな男なの。人妻に手を出せるような度胸が、この人にあるもんですか！」

——ちょっとみずきちゃん、フォローしてくれるのはありがたいけど言いようってものが……。

このごろはいやに泣けてくることが多い。そんな私ほどではないにせよ、みずきの言葉は俊一にも少なからず打撃を与えたようである。彼はうろたえ、どもりながら反論を始めた。

「し、しかしだな。ぼくは昨年の十月、一日から三十一日までのちょうど一ヶ月間、海外にいたんだ。いま妊娠十二週だっていうのなら、ぼくとのあいだにできた子のわけが……」

「十月？」

みずきが眉根を寄せる。私も重ねて問うた。

「どうして急に、十月の話を始めたんです？」

「おいおい、ふざけてるのか。今日が一月の第三週なんだから、十二週前すなわちゼロ週にあたるのは、十月下旬になる計算だろ」

俊一の答えを聞くやいなや、である。みずきは頭を抱え、座卓に崩れ落ちそうな姿勢で俊一の誤りを正した。

「妊娠ゼロ週、つまり起算日は、最後の月経の開始日だよ。受精はそれよりあとだから通常、妊娠二週ごろのこと。あんた、そんなことも知らなかったわけ？」

あたしは就職活動に失敗したってのに、こんな人でもあれほどの一流企業に勤めることができるなんて、と嘆くみずきの口の悪さを、私はとがめる気にもなれなかった。

ずいぶんな早とちりをしたものだ。先の計算からいくと、優奈が妊娠二週を迎えるまでには十一月に入っているはずである。そのころ俊一はすでに帰国していた。それから間もなく優奈が身ごもったのだとすれば、俊一の子と見るのに何の差し障りもない。俊一の身に覚えがないというのなら話は別だが、不倫を疑わなければならない理屈は初めから、どこにもなかったわけである。

さすがに俊一もこれにはばつが悪かったようで、真っ青になってこうべを垂れた。

「そうだったのか……申し訳ない。このとおりです」

「不倫の疑いが晴れたなら、もういいですよ」

苦笑するしかない私に、俊一はなおもすがるようにして言う。

「でも、さっきの領収書の日付を見たでしょう。妻がひと月以上も前に妊娠を知りながら、最近までぼくにその事実を隠していたのは確かなんだ。しかもあなた方のお話を信じるなら、その間に不妊を解消するという名目のもと水子供養をおこなったのだという。ぼくにはもう、彼女という人がわからなくなってしまった」

「本人に訊《き》いてみたらいいじゃないですか」

みずきがもっともな提案をする。ようやく、言葉遣いも元に戻っていた。

「それはそうなんですが……いったい何から訊けばいいのか……」

俊一の返事は頼りない。受精時期を勘違いした件で、すっかり自信をなくしてしまったようである。

別人のようになった俊一を帰し、私とみずきは居間へ戻った。そこにはレンがひとり、自身のスマートフォンで《リズム&ドラゴン》をプレーしていた。レンの指の動きに合わせてゴンゴンと鳴る銅鑼の音が騒がしい。

「でも俊一さんの言うとおり、優奈さんの行動は妙だよね。妊娠を知ったあとに、それを伏せてあたしに水子供養を頼んできただなんて」

座卓にひじをついて両手にあごを載せ、みずきがぼやく。

領収書の日付は水子供養をおこなった日のみならず、みずきが英会話教室で優奈から相談を持ちかけられた日よりも前だった。水子供養を依頼したのちに妊娠が発覚し、その事実を伏せて供養をおこなった、という線もないわけだ。

「そうだね……新しい子を授かったことを機に水子を供養しておきたいと考えたのなら、きわめて自然なことだと思うんだけどなぁ。優奈さんは、あくまでも妊娠のためだと話していたし」

「安定期に入るまで公表したくなかった、とかかなぁ。一度流産しているとなると、やっぱり無事に育ってくれるか心配だもんね」

みずきは言う。妊娠すればこそ、流産の経験が脳裡《のうり》をよぎるのはごく普通の心理であろう。夫を再び悲しませることが怖くて打ち明けられないというのも、心情としては理解できなくもない。だが……。

「優奈さんはまだ、安定期ではないだろう」

妊娠五ヶ月ほどが過ぎてようやく、安定期と呼べるはずだ。私の指摘を受けて、みずきは座卓に突っ伏した。「だよねぇ」

そのときレンのスマートフォンから獣の咆哮《ほうこう》のような音がして、レンが聞こえよがしに舌打ちをした。どうやらミスをしたらしい。リズムゲームということもあり、私たちが会話している中ではうまくプレーできなかったのだろう。レンはそばの畳にスマートフォンをほうり、私たちに向き直った。

「要するにその人、妊娠が判明していたにもかかわらず、妊娠したいからと言って水子供養を依頼してきたってこと？」

話に入ってくるなよと私は思ったが、みずきはこっくりとうなずく。

「そういうこと」

「ふぅん。――取り越し苦労ならぬ、取り越し供養、ってやつだね」

レンはニヤリと笑ったが、ちっとも笑えない。だいたい、《忌日を繰り上げて法要をおこなう》ことを実際に取り越し供養と言うことがあるので、洒落《しゃれ》としても成立していない。

いいから銅鑼でも叩いてなさい、このドラ息子――と洒落で応じようとして、私はやめた。別にレンが私や真海の血を引いた息子でないこととは関係がない。単純に、不毛だからだ。

「で、何でそんなことをしたのかと、二人は首をひねってるわけだ」

レンが言い、みずきは繰り返した。

「そういうこと」

「そんなの、ひとつしか考えられないと思うけどな」

「そういう……え？」

ことなげにレンがつぶやいたので、みずきと私は数秒、固まってしまった。レンが拾おうとしたスマートフォンを、みずきが慌てて奪い取る。

「ちょっと待ってよ。あんた、優奈さんがどうしてそんなことをしたのか、見当がついてるって言うの」

「おい、返せよ。オレのスマホだぞ」

「話してくれたら返すから。ね、見当がついてるんでしょう」

　すると、レンは不承不承といった様子で——わざわざ首を突っ込んできたくらいだから、本当は話したかったに違いないのだ——結論から語った。

「その優奈って人、妊娠した時期をごまかしたかったんだよ。不倫でもして、旦那の留守中にできた子だったから」

　私は混乱した。その可能性は先ほど否定されたばかりではなかったか？　しかし、そこに至るまでの会話をレンは耳にしていない。

「とりあえず、優奈さんはいま妊娠何週？　そして、水子供養はいつだったんだよ」

　レンの質問に、みずきが宙を見上げながら答える。

「えっと、いまが妊娠十二週で、受精した時期にあたる妊娠二週は十一月の初め。で、水子供養はちょうどひと月前……あ、でも優奈さんは俊一さんに、ちょうど三ヶ月前に供養をしたと話してたんだっけ。そんで三ヶ月前にあたる十月いっぱい、俊一さんは海外出張で家にいなかったみたい」

　しばらくのあいだ、レンはみずきから聞いた情報を整理しているようだった。人差し指を小さく動かして何かを計算したあとで、彼は得心がいったように深くあごを引いた。

「なら、本当は現在妊娠十五週で、三週間ずらして教えてるんだよ。そうすると、妊娠二週は十月の中旬になって、旦那は海外だ」

「それと水子供養と、どういう関係があるんだ」

私は疑問を呈する。軽々しく穿鑿《せんさく》すべきでないデリケートな問題であることを承知しながら、ついレンの話に引き込まれてしまっていた。

「優奈さんが供養をおこなった時期として旦那に伝えていたのは、三ヶ月前つまり十月第三週ごろのことなんだろ。それで《水子供養をしたから子を授かった》ということを強調すれば、旦那は無意識に、妊娠したのは供養よりもあとだと思い込むじゃんか」

なるほど俊一の話では、優奈は妊娠についてことあるごとに《和尚さんのおかげ》と口にしている、とのことだった。してみるとレンの言うとおり、優奈が水子供養の時期について嘘をついたのは、妊娠が供養よりもあとであると印象づけるためだったという気がしてならない。事実、そう信じたからこそ俊一は、よりによって私と優奈の仲を疑ったのだ。

優奈は現在妊娠十二週、すなわち十一月初頭に妊娠したと主張しているので、供養の時期について嘘をつくにあたっては、十月以前に設定すればよかったことになる。ただし、実際に妊娠したのが十月中旬だったとすると、それより前に供養をおこなったことにするのは、当人にしてみればせっかくの嘘が意味をなさないように感じられたかもしれない。その意味でも、三ヶ月前に供養をおこなったとするのが妥当だったのだろう。

「でもさ、どうせ嘘をつくんなら、実際に水子供養をやる必要はあるかな」

　みずきの問いには、レンより先に私が答えた。

「やってみないと、供養がどんなものかもわからなかったんだろう。優奈さんは仏事の経験がほとんどないと話していたからね。俊一さんに様子を訊ねられて説明できないようじゃ、すぐに嘘だと見抜かれてしまう。それに、私はともかくみずきちゃんは英会話教室で優奈さんと付き合いがあるのだから、今後、俊一さんと接点を持つことがないとも限らない。そのとき水子供養をしたという事実さえあれば、双方の話が嚙《か》み合わないという事態を防ぐことができると考えたんじゃないかな」

　何よりも――と私は思う。やはり、優奈はおよそ五年ぶりの妊娠を喜ぶにあたって、水子をきちんと供養しておきたかったのではないか。たとえ目的がほかにあっても、供養をおこなったことに変わりはない。そうして悲しみを浄化したうえで、彼女は出産に臨みたかったのではないか。ただそれは、僧侶である私の願望に似た思いが多分に含まれた想像だったので、口にはしなかったが。

「そうは言っても、優奈さんの態度を怪しんだ俊一さんが道然寺に乗り込んできたから、こうして嘘がバレちゃったわけだよね。何ていうか、レンの考える真相の複雑さに比べて、優奈さんの言動はあまりに中途半端な気がするなぁ」

なおも釈然としないらしいみずきの発言を、レンは平易な言葉で片づけた。

「詰めが甘かったんだよ、きっと」

領収書の日付に照らすと、優奈は妊娠発覚後、ひと月にもわたって夫にその事実を伏せていたことになる。水子供養をおこなうことを含めた諸々の準備のために欠かせない期間だったと思われるが、その空白のひと月の存在は、俊一には絶対に知られてはいけなかったはずだ。ところが現実には、俊一の手の届く場所に領収書を保管していたことであっさり察知され、疑惑を招いている。詰めが甘いというレンの表現は言いえて妙だ――俊一が調べることなど警戒さえもしていなかった、といった様子なのだから。

「しかし……三週間、か。そんなにも妊娠週数をずらすことができるのかな」

レンは三週間という数字を挙げたが、俊一は十月を丸々海外で過ごしているので、厳密には二週から六週程度、優奈が妊娠週数をずらした可能性があることになる。とはいえ、この数字は大きければ大きいほど実際の妊娠週数とのあいだに乖離《かいり》を生じ、反対に二週としたのでは結局、優奈が水子供養をおこなったことにした時期よりも受精のほうがあとになってしまう。これらのことから、レンが三週間と判断したことについて異論はない。ただ、三週間というのはけっこうなずれではないか、と私は感じたのだ。

これに答えたのは、レンではなくみずきだった。

「不可能じゃなさそうだけどね。だってあの人……俊一さん、妊娠ゼロ週の定義もわかっていなかったんだよ。産婦人科にまめに付き添うような旦那では絶対にないし、たとえ予定日の計算が合わなくても、そんなもんかで済ませてしまいそうじゃない」

女性ならではのシビアな視点だ。同性からも突き放すようだが、妻の妊娠を喜ぶより先に疑いを持った俊一に、甲斐甲斐しい夫というイメージはどうしても重ならなかった。

「長期海外出張中の夫の目を盗んで不倫、か……やっぱり寂しかったのかな」

ここに来て、みずきはレンの説をすっかり受け入れたようである。私は優奈の、上品な立ち居振る舞いを思い浮かべながらため息をつく。

「そんな人には見えなかったけどな」

「それはどうかなぁ。ああいう人ほど、実はってこともあるかもよ」

これもまた、女性ならではのシビアな視点と言えよう。仲がいいからといって、そこにかばうという発想はないらしい。

「そうだよ一海さん、いつも言ってるじゃんか――」

「寺の隣に鬼が棲む、だろ」

レンの発言には先回りする。お株を奪われて悔しかったのか、レンはみずきから乱暴にスマートフォンを取り返すと、明らかに音楽とは異なるリズムで銅鑼をゴンゴン叩き始めた。

「いずれにしても、確かめようがないな。まさか、俊一さんにこんなことを伝えるわけにもいかないし」

私の結論に、みずきも同意した。

「優奈さんに直接訊けるような内容でもないしね」

知らぬが仏、ということわざがこれほど似合う事案もあるまい。居合わせた三人、やや気がとがめつつも、このまま忘れてしまおうということになった。

六

そこで私がふと思い返したのは、みずきと再会したときのことである。

私の三番目の姉がよそに嫁いで寺を出ていった昨年の二月、窪山家の遠縁にあたる古手川家の法要が道然寺で営まれた。二日前に雪が積もるほど降り、大半が関東に在住している古手川家の人々の来訪が危ぶまれたが、当日は春を感じさせる陽光に恵まれてつつがなく法要を終えることができた。

それから道然寺のお斎場で、私や真海も参加してのお斎となった。故人が亡くなったのはもう昔のことだったので、参列者もしんみりした空気にはならず、久々に集まった親戚どうし会話を楽しんでいるように見えた。ただそんな中、最年少のみずきの顔色が優れないのに私は驚き、彼女の母親にこっそり話を聞いた。

「みずきちゃん、何かあったんですか。前回会ってから数年が経ちますが、もっと元気のいい子だったような」

するとみ親は眉を八の字にした。

「それがねぇ、あの子、この春に短大を卒業するんですけど。就職活動に失敗しちゃって、フリーターになる予定なんですよ」

私は家業を継いだ人間である。言ってしまえば、就職活動の苦労を実感として知らない。だが、近年では就職活動がうまくいかないことを苦にして命を絶ってしまう若者が増加している、というような話を耳にしたこともある。きっと彼らには、彼らにしかわからない苦労があるのだろう。

「それは何と申し上げてよいか……しかし、本人に言っても詮ないことではありますが、みずきちゃんはまだ若いんですから将来を憂えることはないんじゃないかと」

「ええ、わたしも娘にはそのように伝えたんですよ。住む家はあるんだから、これからのことはゆっくり考えなさいって。――だけどあの子、どの会社にも採用されなかったという事実がよっぽどこたえたみたいでして。いま自分のことを必要としてくれている彼氏と結婚する、と言って聞かないんです」

「結婚？」

みずきははたちだ。法的にも婚姻は可能である。だが、早いと言えば早い。

「彼氏ともまだ、そんなに長く付き合っているわけでもないのにねぇ……それで、わたしや夫とケンカになってしまいまして。そうするとあの子、ますます意固地になっちゃって、年明けくらいからもうずっとあんな状態なんです」

母親は心配そうに、遠くから娘をちらりと見やった。

そのときは、さほど大きな期待を抱いていたわけではなかった。ただ、もしかしたらみずきの自尊心を回復させる提案ができるかもしれないと思った。と同時に、われわれ道然寺もまた早急に手を打つべき事態に直面していたのである。

「ちょっといいですか……」

私がみずきの母に小声でその提案を伝えると、彼女は目を丸くした。

「それはまぁ、そうしてくださるのでしたら親としては安心ではありますが……あの子が首を縦に振るかどうか……」

あまり真に受けていない様子ではあったが、ともかく親の承諾を取りつけたので、私は続いてみずきのもとへ行き、彼女を陽射しの降る外に連れ出した。庭の隅に立つ老梅のつぼみが、伸びをするようにほころんでいた。

「みずきちゃんに相談があるんだ」

梅の木の前で振り返り、私は切り出す。みずきは不安そうに、胸に手を当てていた。

「相談……あたしに、ですか」

「実はいま、うちの寺で人手が欲しくてね。これまで切り盛りしてくれていた私の姉が、結婚して出ていっちゃったんだよ。それで、もしみずきちゃんが仕事を探しているんだったら、うちで働いてみてはどうかな、と思って」

やはりこの提案は意想外だったようで、みずきは母親と同じように目を丸くした。

どこから見ても親子である二人が、いつまでも仲たがいをしたままなのは悲しいことだ、と私は思った。

「檀家さんからお金をあずかったりすることも多いし、誰でもというわけにはいかなくてね。その点みずきちゃんは身内だから、檀家さんにも信用してもらえると思うんだ。そしたら寺としても助かるなって。とはいえ、いきなりこんなことを言われても戸惑うだろうし、すぐに決めてもらう必要はないからね。考えてくれたらうれしいな」

「で、でもあたし……あたしも、もうすぐ結婚するかもしれないし……」

しかしみずきは目を伏せ、消え入るような声で言う。

結婚については、すでに両親からさんざん反対を食らったそうである。通り一遍の説教ならば、とうに聞き飽きていることだろう。だが、家族であることがかえって反発を招く場合もある。同じ話でも、思わぬ人から語られることですんなり耳を貸せることもあるのではないか――そして無意識のうちに本人が、そうなるのを望んでいることさえありうるのではないか。

「みずきちゃんが心の底から結婚したいと、そうすべきだと思っているのなら、私は喜んで祝福しよう。だけど――」

私の声があらたまったからだろう、みずきはつと顔を上げた。

「結婚を、目の前の面倒なことから逃げるための手段にしちゃいけないと思うよ」

見つめ合う二人のあいだを、風が吹き抜けていった。そのあとで、私は相好を崩す。

「……なんて言ってるから、私もこの歳でいまだに独身なんだろうけどね」

みずきはうつむき、考えてみます、とだけ言い残して寺へ戻った。庭に置いていかれた私は後頭部をかきながら、厳しいことを言うべきではなかったかな、と反省していた。

ところが後日、みずきから道然寺に電話がかかってきたのである。

「どうか、あたしを雇ってください！」

と、はつらつとした声で言う。

あまりの変貌ぶりに面食らった私が事情を聞くと、近ごろになって彼氏がにわかに結婚を渋り始めたので、おかしいなと思い問い詰めたところ、新たに別の女性とも交際を始めていたことが発覚したそうだ。いわゆる二股をかけられていたことを知ったみずきは、たちまち結婚の夢からも醒め、別れた恋人の暮らす町を出ていくことを決意したのだという。

「だから、よろしくお願いします！　住み込みで働かせてください」

むろんこちらから持ちかけた話だから、願ったり叶ったりではある。だが、条件面での詳しい相談もまだしていないのだ。住み込みという部分については姉たちの使っていた部屋が空いているから問題ないとして、お給料はいくらぐらい払うべきなのか、そもそもなじみのない土地であるはずの夕筑にいきなり移り住むことになるが、果たして本人はそれでいいのか……などと混乱しているあいだに、みずきはさっさと道然寺へやってきて一緒に暮らし始めてしまった。その、時にはおっちょこちょいな一面を見せながらも、明るくて気持ちのよい働きぶりに、私たち道然寺の人間もすぐに彼女を受け入れたというわけである。

早いもので、あの法要の日からもう間もなく一年になる。最近では時折、「あたし、道然寺で働くことにして本当によかったよ」と笑ってくれるみずきを見るにつけ、私も彼女に声をかけて本当によかったな、としみじみ思う。

——そのみずきがいま、私のそばで《結婚って難しいのね》とこぼしている。

夕食後、しだいに夜の深まる時間帯である。真海が風呂に入り、みずきが洗い物を終えたところで、たまたま昼間と同じ三人が居間にそろった。そこで再び、話は坂下夫妻のことに及んだのだ。

「そうさ、結婚は難しいんだ。だから私もしたことがない」

私が応じると、みずきは片目をすがめた。

「違うってば。結婚するのが、という意味じゃないよ。ていうか、お坊さんなんて収入はある程度安定してるしクビになることもまずないし、イマドキの結婚願望の強い女の子からしたらじゅうぶん魅力的なんじゃないの。一海さんが結婚できないのは、単に女性を口説く度胸がないからだよ」

……まったくこの子は、たったの一年でどれだけ私を下に見るようになったのだ。

「そうじゃなくて、結婚生活を円満に続けるのが難しい、って言ってんの」

「する前にわかってよかったじゃないか。すんでのところだったたんだ」

「うるさいな、その話はもう忘れてよ」

みずきは顔を赤らめている。彼女なりに、一年前のことを若気の至りだったと思えるくらいには成長しているようだ。だからといって、私を下に見るのはやめてもらいたいものだが。

「——みずきさん、ご結婚なさるのですか」

と、やにわに居間のふすまが開き、ランが姿を現した。両手で小さい満月のようなお菓子を持ち、もぐもぐと口を動かしている。

「……ランちゃん、晩ごはん足りなかった？」

みずきが笑顔を引きつらせて問う。もちろん彼女の用意してくれた夕食は、各人が満腹になるに足る量だった。これはちょっとした皮肉だったわけだが、ランにそういう類の言葉は通用しない。

「いえ、とてもおいしかったですわ、みずきさん。わたし、食べすぎてしまったので今夜は、通りもんをひとつしか食べられそうにありませんの」

彼女が手にしているのは言わずと知れた福岡の銘菓、《博多通りもん》である。ミルクの風味たっぷりの生地にしっとりとした白あんが包まれた饅頭だが、口にすれば濃厚なバターの香りが広がり、和洋折衷とも言うべき味わいをもたらす。福岡土産では定番中の定番で、当寺でもお供えものや贈りものとしてしばしば、食べきれないほどの数をいただく……のだが、気づくといつもひとつ残らずなくなっている。言わずもがな、病的なまでのお菓子好きのランが全部平らげてしまうのである。

それにしても歩きながら食べるとは行儀が悪いが、お菓子のこととなると彼女は本当に見境がない。それ以外の点ではむしろ、中学生にしては異常なくらい几帳面だというのに、不思議なものである。

「ひとつしかって、ひとつ食えばじゅうぶんだっつーの」

レンが呆れながら毒づくも、ランは相手にしない。

「それで、みずきさん。ご結婚がどうとか」

「あ、あぁ。いやね、お友達のことで――」

それから坂下夫妻にまつわる一部始終を語り始めたみずきを、私は止める気にもなれなかった。忘れてしまうことに決めたとはいえ、黙っているのも後ろめたかったのは事実である。せめて秘密を共有する仲間を増やして気が楽になれば、という思いはおそらく私とみずきに共通していたのだろう――そしてもしかすると、人の言動を悪意をもって解釈しがちであるゆえに、優奈の妊娠が不倫によるものであったと結論づけたレン自身でさえも。

みずきが最後にレンの説を伝え終えるまで、ランは一言も口をはさまずに……と言うより、口に通りもんをはさみながら聞いていた。その咀嚼《そしやく》が済んで、満月のようだった通りもんが新月に変化《へんげ》してしまうと、ランは小声の《ごちそうさまでした》に続けて言った。

「いまのお話、わたしには、レンとは全然違うように聞こえましたけど」

「えっ——」

驚いたのはみずきだけではない。私もそうだが誰よりも、レンが驚いているようだった。

「どこがどう違うって言うんだよ」

「妊娠の時期をごまかす目的で、ある出来事の結果として赤ちゃんを授かったことにしたかったのなら、何も水子供養でなくてもよかったのではないかしら。だって、水子供養は基本的に赤ちゃんを授かるためのものではなく、あくまでも水子の冥福を祈るためのものでしょう。それよりはたとえば、子宝に恵まれることで有名な神社をお参りしていたことにでもしたほうが、よほど説得力がある気がするわ」

言われてみれば、である。そういったご利益《りやく》を信じようとする人が世の中には多いのに比して、水子供養のおかげで身ごもったと聞いてすんなり納得する人は多くはあるまい。神社にお参りするだけならほかの誰も巻き込まず簡単であるし、実際に行った証拠としてお守りのひとつも買ってくれば信憑《しんぴょう》性は増す。もしくは神社でなくてもいい、要するに妊娠への効果が謳われていることなら何でもよかったわけである。わざわざ水子供養を選ぶ理由はどこにもない。

「でも水子供養なら、実際にやったと証明してくれる人がいるという利点があるぜ」

レンは食い下がるが、ランは冷静に反論してみせる。

「その点を期待するのであれば、みずきさんや一海さんにも口裏合わせをお願いしないとだめよ。水子供養をおこなった日について、旦那さんだけに嘘を教えるのは無意味だわ」

「じゃあランは、優奈さんの不可解な言動についてどのように考えているんだい」

私が訊ねると、ランはにこりと笑ってみせる。

「もちろん、水子供養をおこなった結果として妊娠したことにするためですわ。不倫を隠すためなんかじゃなく、ね。優奈さんはほかの何ものでもなく、水子供養のおかげで赤ちゃんを授かったことにする必要があったのです」

私たちはみな、一様に首をかしげている。そのさまを見てランは満足げに、人差し指を立てて言い放った。

「――仏千人神千人、ですわよ」

七

ぴったり一週間後の週末。

いただいた名刺をもとに連絡を取り、俊一に道然寺までご足労願った。隣には優奈の姿もある。

「ご夫婦のあいだで、話し合いなどされましたか」

本堂に二人を招き入れたところで、私は単刀直入に訊いた。俊一は座布団の上に正座しながら、困惑気味に首を振る。

「いや、それがまだ……」

「あの、これはいったいどういうことですか」

優奈は俊一が先週、道然寺に来たことさえも知らなかったようで、狐につままれたような顔をしている。私は彼女に向き直って告げた。

「優奈さん。俊一さんは、あなたがご自身の妊娠を承知のうえで水子供養をなさったことに気づいてますよ」

すると、彼女ははっと息を呑んだ。私は続けて彼女に説明をうながそうとしたのだが、言いようによっては、彼女を責めるような形になってしまっていたかもしれない。だから私よりも先に、そばにいたみずきが、優奈の背中を押してくれたのはとてもありがたいことだった。

「優奈さん、あなたの本当の気持ちを、きちんと話しておいたほうがいいよ。俊一さんも、きっとわかってくれるから」

優奈は、どうして私たちが彼女の気持ちを知っている風なのか、不思議に思っているようだった。が、俊一の心もとなげな表情に気がつくと、目を伏せてつぶやいた。

「……お義母《かあ》さんに、初孫を抱かせてあげたかったの」

「おふくろに？」

眉根を寄せる俊一に、私は脇から口をはさんだ。

「お母さまとのあいだに、何かあったのですね」

それは決して、いまここでその詳細を聞き出そうというつもりではなく、心当たりがあるかどうかを確認しただけだった。だが、俊一は私とみずきに、そのときのことを打ち明けてくれた。

「ぼくは生まれて間もないころに父親を病気で亡くしていましてね。物心ついたときには、おふくろに女手ひとつで育てられていました。このおふくろというのが、敬虔《けいけん》な仏教徒というか、極端なまでに信心深い人でね。まぁたぶん、宗教にでもすがらなければ、若くして夫を亡くすという不幸に耐えられなかったんでしょう。ぼくはおふくろから、いいことがあれば何でも仏さまのおかげ、悪いことがあれば信心が足りない、ご先祖さまを大事にしないからだと、それはもう耳にたこができるほど聞かされてきましたよ」

語弊を恐れずに言えば、それは少なからず現世利益を求める日本の仏教において、基本的とも言える考え方であり価値観である。抱えきれないほどの悲しみを、人智の及ばぬ存在によるものとすることでどうにか乗り越えてきた俊一の母の半生には、心よりの同情を禁じえない。だが――。

「幼いころはそんなものかと思ってましたけどね。思春期にもなると、おかしいんじゃないかと感じることも少なくなかった。だって、ぼくがどんなに必死でがんばって何かを成し遂げたとしても、おふくろに言わせればすべて《仏さまのおかげ》なんですよ。思春期の青少年なんてのは特に、アイデンティティの確立に悩むものであり、そのための承認欲求の塊だったりするわけでしょう？　そんなときに、自分の手柄を《仏さまのおかげ》で片付けられちゃ、たまったもんじゃない。それで、ぼくはしだいにおふくろに反発することが増え、こと仏教に関しては距離を置いて接するようになったんです」

俊一の吐露した心情もまた、私にとっては他人事《ひとごと》とは思えなかった。

――かつてある高名な僧侶から、次のように言われたことがある。

「あなたはご先祖さまが犯した罪を償うために、徳を積むべくお寺に生まれたのです」

何かとありがたいお言葉をくださる方だったが、このときばかりは冗談じゃない、と思った。私の先祖が大昔にどのような罪を犯したのか、あるいは犯さなかったのかは判然としない。しかし、どうして私が生まれながらにしてその償いをしなければいけないというのか。徒競走で言えばスタートラインよりもはるか後方で位置に着くような、そんなハンディキャップを背負わなければならなかったのか。

私にだって先祖に感謝する気持ちはある。そのうちのひとりでも欠けていれば現在の自分は存在しえなかったからだ。だが、だからといってその罪を甘んじて受け入れ、償うために渋々僧侶になったのではない。世の中の多くの人と同じように、アイデンティティの確立に悩み、時には必死でがんばって何かを成し遂げながら、結果として仏道を選んだのだ。

俊一もまた、言わば仏の手のひらの上で転がされるような人生観を是とせず、あくまでも自分の意思で、自分の責任で生きていきたかったということのようだ——私は先日の俊一の、好戦的とも取れる態度について考える。妻に不倫疑惑を抱いたからあのような様子だったというより、そもそも彼は仏教嫌いだった。だからこそ、不倫相手として真っ先に僧侶である私へと疑いの目を向けたのだ。

「優奈と結婚するにあたっては、彼女の複雑な家庭の事情もおふくろに話しました。そういったことで差別するのは仏教の教義にもとるのでしょうからね、特に反対はされませんでしたよ。ただ、実家との縁が切れている優奈に向かって、『いまからでもご先祖さまを大切にしなさい』というようなことは折に触れ言ってました。優奈はいつも、愛想よく受け流してたけど」

先祖を大切にするというのはたとえば、お墓参りをするといった行為を指すだろう。

しかし墓の場所を把握していない優奈にはそれも難しかったに違いない。本当は先祖のことを思い、手を合わせるだけでもよいのだが、仏教になじみがない人にとってはそのような発想すらなかったことと思う。

「そのうちに優奈の最初の妊娠がわかって、ぼくはおふくろにもそれを伝えました。一がつく名前からもお察しのとおり、ぼくは長男でね……というかひとりっ子なんですが、とまれおふくろにしてみれば待望の初孫だ。喜びもひとしおだったと思いますよ」

このとき俊一は、体のどこかに疼痛《とうつう》が走ったような顔をした。隣で優奈もまた、何かにじっと耐えるような目をしていた。

「ところが、ほどなく優奈が流産してしまったのはご存じのとおりです。それから数日後、悲しみに暮れるぼくらの自宅に、おふくろが見舞いにやってきました。そして、言ったんです――『だからご先祖さまを大切にしなさいと言ったでしょう』って」

それはいけない。流産は自然に起こりうるものなのであって、断じて母体となった女性に責任があるわけではない。しかし、それでも流産してしまった女性は嘆き悲しんでいる。そこに先祖供養の話など持ち出すのは、理不尽な追い打ちでしかない。

「こんな言い方はどうかと思うが……さすがにね、キレちまいましたよ。おふくろを家から追い出して、二度と顔を見せないでくれって言いました。それっきりもう五年、絶縁状態が続いています。おふくろは時々手紙を寄越すけど、こちらから返事を出したこともない」

語りながら、俊一は当時の怒りが込み上げたようである。この様子では母親を赦《ゆる》すことなど、いまでも考えられないに違いない。

ところが優奈は、そんな状況にひそかに苦しんでいたのだという。

「初めはわたしも傷ついて、お義母さんからわたしを守ってくれた俊一さんに感謝さえしていました。けれども時間が経つにつれ、お義母さんも落胆のあまり口を滑らせてしまっただけなのではないか、と思えるようになったんです。わたしのせいで俊一さんとお義母さんの縁が切れてしまうのは悲しい、と……わたしが実家と絶縁しているからこそ、なおさらそう思いました」

血のつながった親子の縁を切るということがどれほどの重みを持つのか、経験を持たない者が正しく理解するのは難しいだろう。優奈は身をもってそれを知っていたわけだが——そこで私はふと思う。あるいはうちの双子になら、理解できるのだろうか。

血のつながりを持つ親と子が、生きながらにして永久の別れを告げることの意味が。

優奈の思いとは裏腹に、俊一は義母から届いた手紙を目にするだけで怒り狂うほどで、とても歩み寄りを提案できるような状態ではなかった。そんな日々が続いていたところに、優奈は体の異変を察知して産婦人科を受診し、妊娠が判明する。そのときに、今回のアイデアを考えついたのだそうだ。

「お義母さんの言葉のとおりに先祖供養を受けたことにするのはあまりに直接的すぎますし、そもそもわたしは家を捨てたも同然なので、いまさら先祖のことを言い出すのは不自然でしょう。どうしようかと悩んだところで、お義母さんから送られてきた手紙の中に――最近では、わたしはその手紙に目を通すようになっていました――水子供養のことが書いてあったのを思い出したんです。そこでわたしは、水子供養をしたおかげで子供を授かったことにしようと考えました。俊一さんにそう伝えることで、仏教も悪いものじゃないな、お墓参りにでも行ってみるかという気分になってもらいたかった。そして、お義母さんと仲直りしてほしかったんです」

わかってみれば、優奈のやったことは実にシンプルだった。水子供養をおこなった日を、受精した時期よりも前だったと俊一に偽ったうえで、供養のおかげで子供を授かったと強調したのみである。しかしながら領収書の日付を見た俊一が、不倫などと悪い方向に想像をはたらかせたために、私たちやレンまでもがそれに引きずられてしまったのだった。初めから優奈の目的を教えてもらっていれば、私たちも彼女に協力したのに、とは思う。けれども夫と義母との不仲が仏教に起因していたことや、その解決のために水子供養を利用しようとしていたことなどを踏まえると、やはりわれわれには打ち明けづらかったのかもしれない。

優奈が告白したことは、ほとんどランの見抜いたとおりだった。細大漏らさず伝えたみずきの話の中から、たとえば俊一のこぼした「おふくろの手紙を読んで感化されちまった」という一節や、優奈が口にしたという「和尚さんのおかげ」といったフレーズなどを上手に拾い上げ、真相を導き出したのは驚嘆すべきことだった。人の善意を信じるランだからこそ、夫と義母を仲直りさせたいという優奈の優しさを見抜くことができたのだ。

俊一は黙りこくっていた。妻を守ろうとして生じた母との軋轢《あつれき》であるだけに、優奈の思いを知ってなお、素直には受け入れがたく感じているのだろう。こういうとき、親子の絆というのは厄介だ。容易に切れはしないぶん、いったん絡まるとほどくのにひどく手間取ってしまう。

誰かが俊一の心をほぐしてあげないといけない。そして、いつかのみずきがそうだったように、家族ではその役目を果たせないこともある。

だから私は、二人を客間ではなく本堂に招き入れたのだ。

「優奈さん――あちらの仏像、何だったか憶えていらっしゃいますか」

私は須弥壇に安置された仏像のうち、端の一体を指して訊ねた。優奈は突然の質問に戸惑い、少し自信がなさそうに答える。

「鬼子母神……でしたよね」

「そのとおりです。では俊一さん、鬼子母神がどのような神さまであるかご存じですか」

俊一は首を横に振る。

「安産・子育ての神さまとして崇《あが》められる鬼子母神ですが、かつては自分にもたくさんの子がありながら、人の子を食ってしまう鬼であったため、人々から大いに恐れられ、また憎まれていました。そこでお釈迦さまはあるとき、彼女の最愛の子を隠しました。そして嘆き悲しむ彼女に『子を失った親の悲しみがわかったか』と説いて戒めたのです。改心した鬼子母神はお釈迦さまに帰依し、子供の守り神となりました」

私の話を聞きながら俊一は、鬼子母神像にじっと見入っていた。その、いまでは穏やかで慈悲深い顔をしている鬼子母神から俊一が何かを感じ取るのを邪魔しないよう、私は努めて落ち着いた声で語りかけた。

「この五年ほどで、お母さまも子を失う悲しみのほんの一端を思い知ったことでしょう。赦してあげられてはどうですか。優奈さんのご希望でもあるのですから」

優奈は俊一を優しく見つめていた。その視線に気づくと、俊一はふふんと鼻から息を吐いた。そしておもむろに立ち上がり、首をぐるりと回す。

「ずいぶんありがたいお説教ですね。これだから、仏教ってやつは」

私は頰が熱を帯びるのを自覚した。やはり私なんかの言葉では、彼の心をほぐすことはできないのか？

俊一は遠慮もなく内陣に上がり、鬼子母神像のそばへ歩み寄る。おのずと私たちには背を向ける格好になる。壇上に鎮座する像を仰ぐと、彼はこちらを振り返らないまま告げた。

「久々に、実家に顔を出してみますよ——おばあちゃんってやつも、生まれてくる子には必要でしょうから」

優奈が晴れやかな笑みを浮かべ、正座のまま私に向かって深々と頭を下げた。俊一の発言にほっとしながらも私は、額《ぬか》ずいた優奈のお腹に力がかかっていなければいいが、と別の心配をしていた。

八

「旦那さんとお義母さんのケンカのことで、ここまでいろいろ考えなくちゃいけないなんて。やっぱり結婚って難しいな」

玄関先にて俊一と優奈を見送ったところで、みずきがそんなことを言った。冬の寒さを和らげる陽の光に目を細めつつ、私は返す。

「でも、悪いもんじゃないだろう」

「それ、一海さんが言うと説得力ないなぁ」

みずきが笑うので、がっくりきてしまった。とはいえ私も未婚なので仕方ない。

「だけど、つわりとかもあっただろうに、それを旦那さんに押し隠してこんな計画を実行するなんてね。あたし今回のことがあるまで、優奈さんっておっとりした人だと思ってたけど、実家との縁を切ってここまで生きてきたことといい、実はものすごくしたたかな女性だったのね」

尊敬しちゃうなぁ、とみずきはしみじみ語る。私はひとつうなずいて、

「しかも、実家と絶縁した経験を持つ立場から、夫や義母を同じ目に遭わせたくないと考える、そんな優しさを持った女性でもあったわけだ。本当に、立派な方だと思うよ」

するとみずきがこちらを向いて、きょとんとした。

「一海さん、まさかそれ本心じゃないよね？」

「本心って……そういう話だったじゃないか」

うろたえる私を見て、みずきはため息をついた。

「優奈さんにそういう思いがあったことも否定はしないよ。だけどね、優奈さんはこれから出産と子育てを経験するわけでしょう。心にも体にも、さらに言うならお財布にもかなりの負担がかかってくるのは確実だよね」

それはそうだ。心身の面は言うに及ばず、経済的な面でも、話を聞く限り俊一は人並み以上に稼いでいそうではあるものの、夫婦二人の生活に比べると出費は大きく増えるに決まっている。だからこそ、優奈は医療費の控除のことを気にしていたのだ。

「でも、優奈さんは実家との縁が切れているから、自分の親を頼れない。だとしたら、いざというときに備えて夫の実家との仲を修復しておくに越したことはないじゃない。そうして頼れる相手をひとりでも確保しておきたかった。だからあたし、優奈さんのこと、したたかだなって思ったんだよ」

「……なるほど」

一理ある、と言わざるを得ない。ここでもみずきの視点は現実的で女性らしい、と言いたいところだが、レンも間違いなく彼女と同じ意見を持ったことだろう。けれども私には、考えも及ばなかった。

子を想う母は強し、といったところか。私は鬼子母神像に合掌する優奈の、真剣な面持ちを思い浮かべる――彼女の祈りが、守り神に聞き入れられるならいい。きっと、水子もあの世で両親の幸せを願ってくれている。

「いくら難しいと言ったって、いずれはみずきちゃんも結婚するんじゃないのかい」

私がひやかすと、みずきはくしゃっと顔をゆがめる。

「どうかなぁ。したいとは思ってるけど」

「そしたら道然寺を出ていくんだろうね。想像すると、少し寂しいよ」

「ちょっと、何のあてもないのにやめてよね……でも、せっかくお寺のことにも少しずつ慣れてきて、居心地よくなってきたところだもんな。あたしとしては当分、お世話になりたいと思ってるんだけど——お？」

そこでみずきがいきなり間の抜けた声を発したので、私は目をしばたたく。

「どうかした？」

「結婚しても、ここを出ていかずに済む方法もあるね」

まじまじと私の顔を見つめるみずき。直後、その言葉の意味を悟り、私は赤面した。

「えっ、いや、それはほら……一応、私はきみをあずかってる立場だし」

「——ぷっ、あはははは！」

と、みずきは腹を抱えて笑い始めた。

「あーおかしい、本気にしちゃってさぁ。一海さんってば、つくづくからかい甲斐があるよね」

笑いすぎて目尻に浮かんだ涙を拭う彼女を見ながら、私はまたしても赤面する。はたちの娘に弄《もてあそ》ばれてしまうのは、煩悩が去っていないからなのか？　まだまだ修行が足りないようだ、と思いながらも私は、今日ぐらいは感情にまかせて思いきり泣いても許されるような気がしていた。

話

彼岸の夢、此《し》岸《がん》の命

一

気がつくと、大河のほとりに立っていた。

見渡す限り果てしなく続く川の流れは、対岸に渡れそうなほどには緩くなく、身の危険を感じるほどには激しくない。朱色の空に金色《こんじき》の帯状の雲が浮かび、薄く霞がかったその光景を、私はべつだん奇妙だとも思わず、むしろどこか懐かしくさえ感じていた。

対岸に、人影がひとつ見えた。はるかな距離を隔てているのに、不思議とその表情までが明瞭に見て取れた。女性である。白い服を着ている。三十歳の私より少し歳上だろうと思うが、化粧気のない顔には著しい憔悴《しょうすい》の色が浮かび、その人をまるで老婆のようにも見せている。長く伸ばした黒髪にも、前で組んだ手の指の関節にも、潤いがまるで感じられなかった。

どういうわけか目を逸らせずに、私は長いこと、その女性をじっと見つめていた。女性はしばらくうつむいていたが、やがて顔を上げると、口を動かしてあることをつぶやいた。あいだに大河をはさんでいるのに、彼女の声は私の耳にくっきりと響いた。

――あの子をよろしくお願いします。

はっとした。まさか、あの人はうちの双子の――。

そこで、私は目を醒ました。

布団の中から視線をめぐらすも、あたりはまだ暗く、何も見えなかった。おかしな夢だったな、と息を吐き出しながら枕元に手を伸ばす。そこにあるはずの携帯電話で、時刻を確かめようと思ったのだ。

ボタンを操作すると、闇の中に明かりがぼうと浮かび上がる。午前二時過ぎ、丑三《うしみ》つ時にあたるがそんなことよりも、私の目は時刻表示の下の日付に吸い寄せられていた。

三月十八日、水曜日。

そうか――私はまぶたを閉じて、いまし方見た夢の意味を考える。

今年の春分は二十一日で、今日はその三日前である。

つまり、今日は春のお彼岸の入りにあたるのだ。

二

深夜の覚醒があとを引き、普段よりもぼんやりとした頭で、私は朝食の用意された居間に入った。

「おはようございます、一海《いっかい》さん」

ランがにこりと微笑《ほほえ》んで言う。彼女はいつも早起きで、今朝もすでに中学校の制服に着替えを済ませている。

暦の上での春の盛りが、実感される暖かい朝だった。私はあくびを嚙《か》み殺しつつ「おはよう」と返し、座卓のそばに腰を下ろした。

「何だかつらそうだね、一海さん。夜更かしでもしたの」

これはお手伝いのみずきである。ごはんを盛った茶碗やみそ汁の入ったお椀をてきぱきと運ぶ彼女はまだ若く、どんなに寝不足でも朝にはしゃんとしている。ひと回りも歳の違わない私が、自分ではまだまだ若いはずだと思うのに、こうして身近に比較の対象がいると、年齢による衰えをまざまざと見せつけられるようで内心穏やかでない。

「眠りが浅かったみたいだ。ところで住職は？」

訊ねると、みずきは予定の書き込まれたホワイトボードを一瞥《いちべつ》して答える。

「早くに出ていったよ。一件、法要が入ってるからって」

なるほど、とうなずいたところに、ふすまが開いてレンが姿を現した。

「レン、おはよう」

私の挨拶にレンは返事もせず、眠たげにまぶたをこすりつつランの隣にすとんと座った。寝間着のままなので、ランとは何もかもが好対照に見える。

みずきがすぐに、レンにごはんとみそ汁をよそった。それから四人で《いただきます》を言ったが、なおもレンは箸を持とうとしない。うわの空で、焦点の定まらない目を食卓に向けている。

「どうかした？　レン」

見かねたみずきが声をかけると、レンは何か言いかけてやめるような仕草を二度繰り返したあとで、ぽつりと言った。

「……変な夢見た」

おや、と私は思ったが、さらに早くレンの言葉に反応した者がいた。

「レンも？」

目を丸くしていたのは、ランだった。

まだ、肝心の夢の中身を聞いていない。それでも双子どうし通ずるものがあったのか、レンは驚いて訊《き》き返す。

「それじゃあ、ランも？」

見つめ合う二人はさながら鏡に写したようだった。

「何なの、いったい。ねぇレン、それってどんな夢だったの」

みずきの問いに、レンはすねた子供のような表情を浮かべ、説明を始めた。

「大きな川が目の前を流れていて、向こう岸に髪の長い女の人が立っているのが見えるんだ。誰だろうと思って目をこらすと、その人がオレに向かって、にこりと微笑みかけて言うんだよ——幸せになるのよ、って」

異を唱えないところを見ると、ランの夢も同じ内容だったようだ。

「……実は、私もその夢を見たんだ」

私が言うと、双子ははっとこちらを振り向いた。

「レンの話のとおり、女性が対岸にいた。あの子をよろしくお願いします、と言って私に頭を下げていたよ」

「一海さんまで……じゃあ、やっぱりあの人がオレとランを産んだ母親だったのか」

レンがつぶやき、ランは爪を嚙んでいる。二人は生後間もなく道然寺《どうぜんじ》の境内に捨てられ、私たち寺の人間に拾われて育てられたので、母親の容姿は記憶にないはずだ。

が、ひと晩に三人そろって見た夢を、偶然で片付けてしまうよりは双子の実母が会いに来たのだと解釈するほうが、まだしも受け入れられるように感じるのは私も双子も同じらしい。

私は冷めないうちにとみそ汁をすすり、うん、と軽くうなってから発言する。

「今日は、彼岸の入りだからね」

「故人があの世から帰ってくるのは、お盆だよね？」

みずきが首をかしげるので、私はそうだね、と受けてお彼岸の説明をする。

年に二回、春分と秋分を中心とする前後三日間、計一週間ずつがお彼岸にあたる。元は迷いや煩悩の川を渡って、悟りの境地すなわち彼岸に到達するための修行をおこなう期間だった。昼と夜の長さが等しくなり、太陽が真東から昇って真西に沈むこの時期には、此岸《しがん》つまり俗世と彼岸が通じやすくなる、という考えが根底にあるようだ。

日本ではこうした信仰が死後の世界へ思いを馳せることにつながり、やがて先祖を供養するための期間とされるようになった。一般的にはお墓参りをしたり、彼岸会《え》と呼ばれる法要を営んだりするが、これらの風習は日本独自のものである。

「お墓参りを勧めるためかもしれないけれど、中にはお彼岸のことを、あの世とこの世とで心がかよいやすくなる期間であるとする人もいるよ。この世を生きる私たちがあの世にいる人を供養するのと同じように、もしかしたらあの世からも、この世の人々に思いを伝えようとしているのかもしれないね」

私が言葉を切ったところで、レンはようやく平皿の卵焼きに箸をつけた。

「だけど、どうしていまごろになっていきなり、夢になんか出てきたんだろ。十年以上、何の音沙汰もなかったのに――」

そこで、彼は動きを止めた。視線の先にはランがいて、彼女はさっきから時折鼻をすすっていた。おそらくレンはそのわけに、ようやく思い至ったのだ。

十年以上、実子に何の接触もなかったにもかかわらず、昨晩になって女性が彼岸から夢に登場した理由。心当たりがあるとしたら、ひとつしかない。

その女性は、最近になって亡くなったのだ――少なくとも、レンやランはそう考えた。

私は箸を置く。そして、双子のほうをしかと見つめて口を開いた。

「二人は毎日、楽しいかい？」

唐突な質問に、双子は戸惑っている。答えが返るより早く、私はにっこり笑って続けた。

「私はとても楽しいよ。二人がうちに来てくれたから」

あるいは実母のもとで育ちたかったという思いも、双子の中にあるのかもしれない。

だが、それは叶わぬ希望だ。叶わないと理解しているからこそ、その希望は双子の心をいっそう沈ませている。

ならば私は二人の現状を、この生活を、全力で肯定したい。そうすることのほかに、双子の沈みかかった心を支え、持ち上げる方法が見つからないからだ。

「……ありがとう」

私から目を逸らしながらも、返事をしたのはレンのほうだった。ランは心根が優しく、だからかえって実母にも気を遣ってしまい、何も言えないのだ。

電話が鳴った。立ち上がり、受話器を取るみずきは心なしか、この場から逃れられることにほっとしているようだった。電話の相手に《少々お待ちください》と告げたのち、彼女は手のひらで送話口を押さえ、私のほうを振り向いて言った。

「――お葬式の依頼だって。亡くなった方、檀家さんじゃないみたい」

三

僧侶というのは、人の死から仕事が始まる。

故人が天寿をまっとうし、亡くなったことを惜しまれながらも和やかに進む葬儀もある。そうではなく、突然の別れに遺族が嘆き悲しむ姿を目撃していたたまれなくなることもまた、少なからずある。

何も感じないわけではない。しかし、人の死に直面するたびに悲しみを正面からまともに受け止めていたのでは、こちらの心がもたない。もっと若いころにはひどくつらい仕事だと感じてしまうこともあったが、少しずつ慣れ――あまりいい表現ではないがそれ以上、ふさわしい言葉を思いつかない。私は慣れたのだ――人の死を悲しんでも、それを引きずることはしだいになくなっていった。死とは魂が菩提《ぼだい》に至るための、修行の第一歩に過ぎないのだと考えられるようになった。だが――。

その女性の死は久々に、私の心を大きくかき乱した。

「お彼岸でご多忙のところ、すんませんでした」

通夜の会場となる斎場に到着すると、小俣《おまた》が私と、私の父であり住職の真海《しんかい》を迎えてくれた。小俣は葬儀社の社員で、今回の葬儀の担当者である。丸みを帯びた顔とやや出っ張ったお腹がおおらかな印象を与える中年男性で、道然寺との付き合いは古い。

「ちょっと故人がわけありっちゅうか、複雑な事情がありましてね。こういうことは道然寺さんが一番快く引き受けてくださるだろうと思いまして、ご連絡差し上げたしだいですわ」

不自然に明るい斎場の通路をたどって私たちを控え室に案内しながら、小俣は言う。

「複雑な事情、とは？」

私は問いただす。葬儀の中で故人の生前の人となりについて触れるような箇所もあるため、何も知らないでは済まないのだ。

「交通事故で亡くなったそうで、私どもも警察からの連絡を受けて動いているんですけどね……お、ここだ。どうぞどうぞ」

小俣が控え室の扉を開ける。畳敷きの和室で、私たちは用意されていた座布団に腰を下ろした。小俣もそのまま入室し、畳に直接正座する。

「故人が事故に遭ったのが二日前、月曜日のことでした……私、警察に仲のいい者がいるもんですから、そいつからいろいろと話を聞きまして」

小俣の口から、どうしてそんなことまで知っているのか、というような話を聞くのはこれが初めてではない。警察で処置された遺体を引き取って葬儀などを手配する立場にある以上、ある程度状況を把握する必要があるのは理解できるのだが、どうも彼が懇意にしている警察官というのがいささか口の軽い人物のようである。それをそのまま伝えるのだから、小俣自身もまた口が軽いとも言える。類は友を呼ぶ、ということなのだろう。

「故人をはねた乗用車の運転手の証言によると、雨の夜道を走っていたら突然、故人が目の前に飛び出してきたんだとか」

故人は財布と自宅の鍵、それに傘しか持っていなかった。飛び込み自殺の類ではなく、脇目も振らずどこかへと急いでいるような印象だったという。運転手はすぐさまブレーキを踏んだが、路面が濡れていたこともあり、間に合わずに故人をはねてしまった。即死に近い状態だったそうだ。

「財布の中には身分証も入ってなかったらしくてね。ただ夕筑市内のとあるスナックの名刺が入っていたもんで、警察がそちらに連絡を取り、スナックのママに確認してもらって故人の身元が判明したそうですわ。そのスナックの従業員でした」

——本名、柏原弥生《かしわばらやよい》。三十五歳。未婚。夕筑市内在住。

「と言っても、故人は半年ほど前にそのスナックを辞めさせられていたみたいなんですけどね。ママが故人から生前に聞いた話によれば、故人ははたちくらいのとき両親に勘当され、以来十年以上も身寄りのない生活を続けていたんだとか。それで、警察はすぐに戸籍などをあたって故人の両親を探したのですが、どちらもすでにお亡くなりになっていたそうですよ。きょうだいもなかった」

確実なことは言えないが、三十五歳のひとり娘を持つ親ならば、亡くなったときにはまだ高齢というほどでもなかったのではないか。死はいつか訪れることだけが平等で、必ずしも順番を守ってくれはしない。わかってはいるけれども、両親が亡くなり、娘も三十五歳で命を落とした不幸を思うと、家系に対する憐れみを禁じえなかった。

「それで、警察も引き続き故人の身内を探しまして、親戚にあたる人物がたったひとり見つかったんですが……この方が故人の父親の妹、つまり叔母にあたりましてね。

韓国人と国際結婚して、現在は韓国に在住しているんですよ」

小俣は扉のほうをちらと見やった。通夜会場に、その叔母が来ているのだろう。

「叔母ですから故人とも面識がないわけではないんですが、数えるほどしか会ったことがないそうで。特に、故人が両親に勘当されてからは完全に交流が途絶えていたみたいです。それで今回、警察からの連絡を受け、たいへん面食らっていらっしゃいましてね。ひとまず今日帰国して、うちの社の担当でお通夜とご葬儀を営むことには同意してくださったのですが……」

血がつながっているとはいえ、親交のなかった人の葬儀で、いきなり喪主になる形である。何よりも戸惑いが大きいことだろう。

「遺影などはその方が保有するはずもないので、スナックのママのほうに頼んで何とか、従業員時代の写真を提供していただきました。本当は葬儀も一番安いプランの簡素なものになる予定だったのですが、この遺影を依頼したときにママが、葬儀の費用を一部負担することを申し出られたんです。これに叔母さまも同意なさいまして、今回は枕経を省略させていただいたうえで、こういった形でのお通夜・ご葬儀と相成りました」

小俣の話が一段落し、真海がふぅむとうなる。

確かにこれは、複雑な事情と呼べそうである。それも親族間で揉めているとか、そういった意味での《事情》ならしばしば生じることだけれど、今回のような、ほとんど天涯孤独に近いケースはそうそうあるものではない。親族がひとり見つかっているのがせめてもの救いだが、それでもお墓をどうするかなど、僧としてはさまざまなことを心配せざるを得なかった。

「ご両親のお墓がどうなっているのかも、調べてみないとわからないけど……遺骨はうちであずかって、無縁仏として供養することになるかもしれないね」

私が相談すると、住職はそうやねぇ、とため息をついた。

「故人を責めるわけやないばってん、こういう例に当たるとやっぱり、できることなら結婚したり子供を作ったりしておいたほうがよかって思うたいねぇ。一海、おまえも他人事《ひとごと》やなかぞ」

「はぁ、肝に銘じておきます」

「そういえば……」と、小俣が口をはさむ。「いまのご住職の発言で思い出したんですが、警察の人間が、少し気になることを話していました」

「気になること？」

「故人は交通事故で亡くなったので、警察で検視に回されたんですがね。検視官の話だと、故人はどうも経産婦らしいのです」

私は目をみはる。「じゃあ、故人には子供がいたんですか」

「お産を経験している以上、そういうことになりますね。でもその、肝心の子供の行方がわからんのだそうです。何でも、出生届が出されていないようで」

「そんなの、警察が調べればすぐにわかりそうなもんじゃないですか」

「それが警察でも一応、夕筑市近郊の産科や助産院をあたってみたそうなんですが、故人が受診した記録は残っていなかったというんですね。加えて言うと、故人は慢性的に貧窮していたようで、健康保険にもまともに加入していた時期がほとんどなかった。たとえば産科で帝王切開などの医療行為を受けると、保険適用となって記録が残るはずなんですが、こうした記録もなかったわけです。出産がいつごろと見られるのかまでは私も聞きませんでしたから、ずっと昔の話であれば記録が残っていないこともあるんじゃないか、とは思いますがねぇ。もしくは、遠方の病院を利用した可能性だってなくはない。ただし故人の経済状況に鑑《かんが》みると、それも考えにくいことのようなんですなぁ」

仮に病院や助産院を受診していないのであれば、自力で出産した、ということになるのだろうか。誰にも妊娠を言い出せぬまま人知れず出産したケースなど、報道を通じてまれには耳にすることもある。そうして出生届を出しそびれるといった事態も、ありえないとまでは言いきれないだろう……しかし、もしそのとおりならば想像を絶することである。専門家に頼らない出産とは、母子ともに危険きわまりない行為に違いない。

「警察の人間は、『産後すぐに赤ん坊を死なせてどこかに埋めでもしたんじゃないか』なんて悪趣味なこと言ってましたがね。スナックのママに話を聞いても、故人が子育てをしている様子は一切見受けられなかったそうだから、出産は最近だったのかもしれません。あるいはもしその赤ん坊が、故人がスナックをやめた半年前にはすでに産まれており、かついまなお生きているのだとしたら、とっくに故人の手を離れていたんじゃないですかね。ほら、隣県にはいわゆる《赤ちゃんポスト》もありますし、考えられるのは捨て子くらいかな、と思いますけれども」

——捨て子？

小俣が口にしたそのフレーズに、私はどきりとした。まさか……。

「あの、小俣さん。お通夜まではまだ時間がありますが、いまからご遺体と対面できますか」

私が請うと、小俣は両目をしばたたいた。

「そりゃ、できないことはないですがね。どうかなさいましたか」

「どげんしたとね、急に。何ば考えとるとか」

住職も怪訝《けげん》そうである。

「ちょっと気になることがあって。すぐに戻ってきますから」

そう言い残し、私は小俣とともに控え室を出た。

通夜の会場に向けて通路を進むあいだ、小俣はなおも言い足りないことがあるようで、心持ち声量を落として話を続ける。

「それにしても、故人の境遇を考えると本当にいたたまれませんなぁ。身寄りもなく、貧しさに冒され、せっかく産んだ赤ん坊も手放してしまった。しかもね、それだけじゃあないんですよ」

「と、言いますと」

「検視後のご遺体には、私が責任をもって死装束《しにしょうぞく》を着せたんですがね。全身に、明らかに交通事故によるものとは異なる傷やあざがあったんですよ。私もそういったご遺体を見るのは初めてではないもんですから、ピンときました――こりゃ、男に暴力振るわれてたなって」

「DV、ですか……？」私は思わず口元を覆う。

「相手が故人とどのような関係にあったのかは、知る由もありませんがね。しかし、そうやって暴力にさらされたあげく、最後には交通事故で命を落としてしまわれるんですからねぇ。まるで中学生みたいな自問ですが、人生って何なんだろう、なんてことを考えずにはいられませんよ」

返す言葉が見当たらず、私は下唇を嚙んだ。

小俣は普段からおしゃべり好きで、こうした仕事に就いていてなお、笑顔をよく見せる明るい男性だという印象がある。人の死に際しても過度にしんみりすることもなく、遺族のいない場では時として、配慮を欠いているのではないかと感じられるような軽口めいた発言さえ散見される。不快だと言いたいのではない。そうした振る舞いも、彼が葬儀社に勤め続けるうえで、必要を感じて身に着けたものなのだろうと思うからだ。人の死に触れて湧き上がる自身の感情に対処する術《すべ》を体得しなければ、務まらない職業であることを私はじゅうぶん理解しているつもりだからだ。

そんな小俣のことをよく知る者でなければ、今日の彼の態度に接したところで、おしゃべりが過ぎるように感じるだけなのかもしれない。だが少なくとも私にとっては、彼の口から人生にまつわる問いなどというものを聞いたのは初めてのことだった。私よりもさらに多くの死に直面してきた彼でさえ、このひとつの死に動揺し、故人について感じたことを誰かに伝えずにはいられなくなっている。私だけではない。それだけ柏原弥生の死が、生ける人の心をかき乱すのだ。

「着きました。今日のお通夜はこちらでお願いします」

そう言って小俣が扉を開けた会場は、せまいうえに参列者もほとんどおらず、ひどく寂しい印象を受けた。通夜の開始時刻まではまだ余裕があるものの、話を聞いている限りでは、おそらくこれから人が多く増えるということもないのだろう。

一番前の列にぽつんと座っている女性は、故人の叔母にあたる人だろう。後ろのほうの席にはひとりの中年女性と、比較的若い女性が二人、固まっている。こっちがスナックの関係者、というわけか。

祭壇には遺影が飾ってあったものの、慌てて用意しただけあってピントがぼけているうえに、故人の顔には厚く化粧が施されていたので、そこから面影を見て取るのは困難だった。髪型も元の長さが判別できないほどしっかり作ってあり、本来なら遺影を見るだけでもじゅうぶんであるはずだったのだが、それは私の想像を肯定も否定もしなかった。

遺体はすでに納棺されていた。私は会場に集まった人たちに頭を下げたあとで、棺のそばに寄り、合掌して対面のための小窓を開けた。

——そして、息を呑んだ。

これだけの至近距離で確認すれば、見間違えようがない。再会は昨晩以来のことだから、記憶もはっきりしている。

柏原弥生は、私が夢で彼岸に見た女性だった。

四

通夜を終えての帰り道。私が車を運転し、助手席には真海が座っていた。暖かいけれど、分厚い雲が低く垂れ込める夜である。

「……柏原弥生が、ランとレンの母親かもしれない」

切り出すタイミングがうまく見つけられず、結局は唐突にそう告げた私に、父は驚くのをいったん保留したような微妙な声音で問いただした。

「何でね」

私は昨晩の夢の話をした。面識のない女性が彼岸に立っていたこと。ランやレンも同様の夢を見ていたこと。柏原弥生が、夢に見た女性で間違いないこと。

「ただの夢だと言ってしまえばそれまでだよ。だけど、三人の人間がひと晩に同じ女性の夢を見た事実は変わらない。それに、うちの双子はともかく、私はいままでに柏原弥生と一度も会ったことがなかったんだ。それなのにこうして夢に出てきたということは、彼女がどうにかして私にメッセージを伝えようとしていたとしか思えない」

いわゆる心霊体験というものについて、一般的にどうとらえられているかはさておき、私たち寺の人間は多少なりとも信じていると言わなければならない。そもそも霊魂が存在することを前提にしないと寺院の運営が成り立たないというのもあるし、実際に今回のような、現代の科学では説明が難しい体験をすることもまれにはあるからだ。それでも私などはまだ、霊魂が存在すると断定してしまえるだけの根拠に乏しいしと思っているようなところがあるが、父にとってそれはもはや常識と言ってよく、したがって私の説明を受けただけでも、柏原弥生が双子の実母だということにひとまず納得したようだった。

「それで、おまえはどうするとか。双子にそのことを話すとね」

父の問いに、私は即答できなかった。

「……まだ、決心がつかない。双子があの年齢で受け止められる事実なのかも、見きわめかねているんだ。少なくとも、柏原弥生のことをもっと深く知ってからでないと、とは思ってる」

「余計なことをするんやなかぞ。うちの双子にとって、いまの生活が満たされたものであるとなら、それをわざわざ引っかき回す必要はなかろうもん」

父は、現在の生活が壊れてしまうことを恐れている。それでなくても一度、十五年前に病気で妻を、私の母を亡くしたことにより生活が一変するのを経験している。その翌年に双子を引き取り、今日《こんにち》に続く平穏な生活を再構築するための苦労は、きっと私が実感している以上に大変なものだったはずだ。そうしてようやく手に入れた生活が、ひとりの女性の死によって損なわれることを不安に思う気持ちはよくわかる。

だが、それでも私はひるまなかった。私も夢を見た当事者であるという自意識が、あるいはそうさせるのかもしれなかった。

「本当に双子は、満たされた生活を送っているると言えるのかな。だとしたら、たとえあの世から何かしらのはたらきかけがあったとしたって、自分たちを産んだ母親の夢なんて見るかな」

父は無言を保っている。怒っているような、悲しんでいるような空気が隣から流れてくるのを感じる。

「父さんは、それに私や姉さんたちほかの家族も、双子のためにできるだけの配慮を尽くしてきたと思う。双子が必要としているものは、有形無形を問わず、可能な限り与えてきたと思う。そのつもりでいる。だけど、私たちと双子は家族であっても、血縁関係のある肉親ではない。もし双子に、血のつながった実母のことを知りたいと願う気持ちがあるのなら、それを叶えてやるのも家族が与えるべき愛情ではないのかな」

言い終えた私が黙ってしまうと、車内を満たすのは車の走行音ばかりとなった。いろいろな思いが頭を駆けめぐっていたぶんだけ、ぼんやりとしながら私が運転を続けていると、父がふいに窓の外へ顔を向け、言った。

「――ここで、亡くなったたいね」

はっとして、私も車の速度を緩め、外を見やる。

道路の脇に、質素だがまだ新しい花がお供えしてあった。夕筑市内を縦断する県道である。事故現場がこの道沿いだということは聞いていたが、正確な地点までは知らなかった。たったいま通り過ぎたあの場所で、柏原弥生は乗用車にはねられ、その生涯を終えたのだ。

かすれた声で、父がつぶやく。

「夕筑も、寂しい町になったばい」

車の低速を維持しつつ、私は半身を父のほうへ斜《はす》に向けることで話をうながした。

「あそこに古い家が見えるやろうが。知っとると思うばってん、安岡《やすおか》さんちたい」

父は前方、事故現場から二百メートルも離れていない場所にある和風の住宅を指差す。

安岡家は道然寺の檀家だった。夫に先立たれたおばあちゃんが、長らくひとりで暮らしつつ農業を営んでいたが、五年ほど前に亡くなった。子供たちは早くに自立して地元を離れており、夕筑は辺ぴだからと言ってなかなか寄りつかず、安岡宅は現在も放置されたままで荒れている。垣根の外からは雑草が伸び放題の庭と、枯れてしまって何を植えていたのかもわからない、いくつかの鉢が見えた。敷地の隅にある倉庫の戸に、遺族がそうしたのだろうか、取ってつけたような新しい南京錠がかかっており、その場違いな感がなぜだかもの悲しかった。

「安岡さんは、明るくて優しいおばあちゃんやった。生前はここらに住む多くの人がお世話になっとる。収穫した野菜のおすそ分けも気前ようしてくれんしゃったし、倉庫から農具やらを勝手に借りていったりしても、全然気にせんかった」

道然寺に人を集めて法要をおこなう際に、お供えとしてよく野菜を持ってきてくれていた安岡さんのことを憶えている。漬物をほかの檀家さんに配って喜ばれている場面も、私は子供のころから何度となく目撃していた。笑顔を絶やさず、たくさんの人に慕われたおばあちゃんだった。

「――でも、そんな安岡さんも亡くなるときはひとりやった。家で倒れんしゃったときに、もう少し早う発見されとったら助かったかもしれん、と医者は言っとったそうたい。亡くなってからもしばらくは、近所の人が家を見に来たりしよったみたいやけど、いまではもう庭の手入れをする人もおらんごとなった。安岡さんが、あんなに大事に守ってきた家やったのに」

自分も見捨てた者のひとりやから、他人のことは責められん。そう、父は続けた。

「このあたりは年々、廃屋同然になってしもうた安岡さんちのごたぁ家が増えとる。このままじゃ夕筑は廃《すた》れていく一方たい。こんな田舎町で暮らしていくうえで一番大事やったはずの、人と人とのつながりっちゅうもんが失われていきよる。それすらなくなってしもうたら、都会の便利な生活に吸い寄せられる人々を引き止める方法なんて何もなか」

いつの間にか後続車が迫り、クラクションを鳴らされた。慌ててアクセルを踏み込むと、安岡宅はみるみる後方に遠ざかっていく。

　今日の女性にしてもそうたい。父はそう、柏原弥生のことに触れた。

「わしもご遺体を見たばってん、かわいそうになるほどがりがりに痩せとった。あそこまで貧乏しとる人がおったら、昔の夕筑なら近くに住む誰かが手を差し伸べたに決まっとる。でも、現実はそうやなかった。交通事故だって、栄養失調か何かでふらふら車道に飛び出してしまったんやないとね。そんなになるまで、誰も助けんやった。親に勘当されて、家賃や生活費が安く抑えられるこの町に転がり込んだのも、ほかのところでは生きていけんと考えたからやろう。都会の中ならまぎれても、こんな田舎で若い女性がひとりで暮らしとったら、目立つこともあったはずたい。それなのに、誰も助けんやったとよ」

　私は口をつぐみ、父の話に耳を傾けていた。彼もまた私や小俣と同じように、そして彼なりの立場で、柏原弥生の死に衝撃を受けているのだ。

「本来なら、そういう人に手を差し伸べるのも寺の役目のひとつやろうもん。なのに誰からもそういう話が入ってこんやったってことは、うちの寺はもう、昔ほどの機能を有しとらんってことたい。歴代の住職に顔向けできん。道然寺を守ってきたご先祖さんたちに、顔向けできん」

　よかね、一海。父はあらたまって私の名を呼んだ。いつになく重みのある声だった。

「おまえがランとレンに、あの女性が産みの母親やと明かすんやったら、それはうちの寺が救わないかんはずやった双子の母親を、死なせてしまった罪も一緒に告白することになるとぞ。おまえにその度胸があるか、ようと考えんといかんばい」

住職としての保身を図っているのではない。父は、私に覚悟を問うているのだ。

私はハンドルを握る指に力を込めて一度、深くうなずいた。

「しっかり考えます。でも、もしそれが、私たち寺の人間が受け止めるべき罪であるならば、それを理由に双子に対して真実を伏せるのは、絶対にあってはならないことだと思います」

「どうするかはおまえの判断にまかせる。わしを失望させるんやなかぞ」

そう言って正面を向いた父の横顔は、私を信頼してくれているように見えた。

五

翌十九日、柏原弥生の葬儀がしめやかに営まれた。

参列者は通夜とほとんど変わらず、少数だった。私は遺族——と言ってもひとりだが——に了承を得たうえで、小俣に依頼して葬儀の模様を撮影してもらった。昨日の今日で、中学校を休ませてまで双子を葬儀に連れていく決心はつかなかったので、せめて打ち明けることになったとき、葬儀の模様だけでも見られるようにしておきたかったのだ。

出棺ののち火葬場に同行した私は、火葬を待つあいだ、柏原弥生が勤務していたというスナックのママを屋外の喫煙所に連れ出し、話を聞いた。彼女は吉田《よしだ》と名乗ったあとで、話の前に一本だけ、と断って煙草に火を点《つ》けた。

「お葬式の費用を一部、負担なさったと聞きました」

私がそのように切り出すと、吉田はくたびれた微笑を浮かべた。もう少し若いころは美人だったことを思わせるものの、現在は気の強さが前面に濃く出たような、圧を感じる顔立ちをしている。昨日初めて会ったばかりだが、その顔にいま浮かべている弱々しい表情が、どことなくミスマッチなように感じた。

「あの子、元々稼ぎが少なかったのよ。こう言っちゃ何だけど、見た目が特別にいいわけでもないし、しゃべりもそんなに達者じゃなかったし……何よりも、陰気というか影がある感じだったからね。お客さんの評判もあまりよくなくて」

「影、ですか」

繰り返すと、吉田は《そうなの》と応じる。酒に焼けたハスキーボイスだった。

「お金がなくて、携帯電話も持ってないって言うから、お店で貸与という扱いにして持たせていたくらいなのよ。ないと仕事にならないからね。でも、お客さんにまめに連絡を取ってお店に呼べるような子じゃなくて……それでも若いうちはまだよかったのよ。だけど三十路にもなると、ますますお客さんから敬遠されるようになっちゃってね。去年にはお酒も飲まなくなったから、さすがにもう置いておけないってことで、申し訳ないと思いつつクビにしたの。貧乏してることも、こんな田舎町でほかに働き口を探すのは難しいこともわかってたけど、うちも稼げない子を雇っていられるほど楽じゃないからね」

経営者として、まっとうな判断だろう。夕筑市内のこうした形態のお店が減少の一途をたどっていることは、めったに利用しない私でも知っている。単純に客が減っているうえ、今後増える見込みもほとんどないのだ。どの店も苦しい経営を強いられていることは想像に難くない。従業員に同情したところで、共倒れになるだけだ。

しかし、いくら経営者としての判断が正しいからといっても、人間としての部分までがそれに手放しで賛同するわけではない。柏原弥生に解雇を告げた吉田もまた、いまだに拭いきれない心苦しさを抱えていたのだ。

「では、せめてもの償いというような心境でいらっしゃったのですか」

償い、という表現が適切だとは思わない。吉田に罪はない。ただ、ほかに彼女の後ろめたさと呼応する言葉を見つけられなかった私は、そのように訊ねるしかなかった。

吉田は小さくうなずいたようにも、首を横に振ったようにも見える仕草のあとで答えた。

「アタシ、お店でいつも言ってるのよ。うちで働いてる女の子はみんな、自分の娘だと思ってるって。だけど、今回のことで思い知らされた。アタシはいざとなったらその娘をも切り捨てる、口先だけの女なんだって」

「…………」

「あの子の死因は交通事故だけど、見捨てたアタシに責任がなかったとは、どうしても思えないんだよね。だからお葬式のお金も出させてもらったけど、こんなことがあの子への償いになるなんて思っちゃいないよ」

「吉田さんのおかげで立派なお葬式ができて、故人もきっとあの世で感謝しているだろうと、私は思いますよ」

私は本心からそう述べた。吉田は少しだけ鼻を詰まらせて、そうだね、あの子は暗いけど優しい子だったからね、と言った。

「ところで……故人がはたちくらいのときに、ご両親から勘当されたという話を耳にしたのですが、その理由について吉田さんは何かご存じですか」

いよいよ、私は核心に迫る質問をする。すでにある程度言葉を交わした気安さからか、吉田はこちらの関心の矛先に疑問を抱く様子もなく、視線を持ち上げて答えた。

「確か、駆け落ちとかって……あの子、わりと厳格な家庭に生まれ育ったみたいなんだけどね。どうもそのころ、子供ができちゃったらしいのよ。それで両親はカンカンになって、結婚も未婚の母も認めない、勘当だなんて言われたもんだから、あの子、反発して家を飛び出したんだって。そうして男と一緒にこの町に移り住んできたとたん、今度は相手の男が逃げちゃったみたいでさ。まったくひどい話よね。結局、子供は堕ろすしかなかったそうなんだけど、それじゃ何のために勘当されたんだかわかりゃしない」

嘆息する吉田をよそに、私は別のことを考えていた。

私の想像はやはり正鵠《せいこく》を射ていたのではないか。享年三十五の柏原弥生が二十歳のころなら、ちょうど十五年前にあたる——そして、うちの双子はいま十四歳だ。

吉田は現在に至るまで、柏原弥生が経産婦であったことを知らないようだから、その話を信じたのも無理はない。けれども本当は、柏原弥生は堕胎などしていなかったのだ。彼女はそのとき授かった子を翌年出産したが、自分では育てることができないと考え、道然寺の境内に置き去りにした。それが、ランとレンの双子だったのだ。

「かわいそうな子だったよ」

吉田は故人をそう評し、再び喪服の懐から煙草を取り出して火を点けた。

「出会ったころからずっとお金に困ってたけど、うちで働き出してからは、悪くない時期もあったんだ。権藤《ごんどう》さんっていう常連さんが彼女のことを気に入って、そのうちに付き合い始めたんだよ。権藤さん、バツイチだけど会社やっててお金も持ってたからね。あの子、ゆくゆくは彼と結婚したいんです、なんてうれしそうに話してた……なのにしばらくして突然、権藤さんの会社が倒産しちゃってね。ただでさえあの子もお金に困ってたのに、借金抱えた権藤さんから執拗にお金を無心されてたみたい。アタシもあの子を助けたくて、縁を切るよう忠告したこともあるんだけど、本人が権藤さんに惚れてたからどうしようもなくてね……あの子、毎週月曜日にお店を休んでたんだけど、翌日出勤してくるときはいつも暗い顔してた」

――こりゃ、男に暴力振るわれてたなって。

私はふと、小俣の言葉を思い出した。その権藤という男が、柏原弥生に暴力を振るっていたのだろうか。

「かつての常連とのことですが、権藤さんとはいまでも連絡が取れますか」

話を聞いてみたい一心で私は訊ねたが、

「無理だね。権藤さん、このごろは借金取りから逃げ回るような生活してるみたいだから。あの子が亡くなったとなると、素人が捜し出すのは難しいと思うよ」

紫煙とともに、吉田は吐き捨てたのだった。

時計を見ると、火葬が終わる予定の時刻が近かった。私は最後にするつもりで、故人のことを知る数少ない人のひとりである吉田に、こんなことを訊いてみた。

「すでに亡くなってしまった以上、故人の人生を変えることは不可能ですが……もし、その人生がいまより少しでも報われることがあるとしたら、つまりあの世で故人が喜んでくれることがあるとしたら、それはどんなことだと思われますか」

すると吉田は微苦笑を浮かべた。自分よりもずっと若い僧侶の問いかけの青さに呆れる一方で、その青さを懐かしんでもいる、そんな表情に見えた。

「そうね。よくわからないけどたぶん、忘れずにいること、じゃない？」

「忘れずに……故人を、ということですか」

「そう。見てのとおり、葬式にすらほとんど人が来ないような、寂しい人生だったのよ。ひとりの人間が確かに生きていたのに、何もなかったみたいになってしまうとしたら、あの子があまりにも哀れでしょう。だからアタシはずっと忘れずにいたいし、生前のあの子を知らない和尚《おしょう》さんにも、そういう女性がこの世に生きてたんだってこと、いつまでも忘れないでやってほしいと思うよ」

煙草を灰皿に押しつけて火を消し、火葬場の中へ戻っていく吉田の背中を見送りながら、私は決心が固まるのを感じた。

――うちの双子に、柏原弥生《あかし》のことを話そう。

彼女がこの世を生きた証そのものである二人に、その胸に、ひとつの生をしかと刻み込んでもらうために。

六

その日の夜、私は道然寺の客間にランとレンを呼んだ。決心が鈍ったりしないよう、早めに話をしておきたかった。

双子は普段、客間へはめったに入らない。あらたまったことを話す際などに客間を使う場合もあったが、そもそもまだ十四歳の二人とそのような話をする機会自体ほとんどなく、だからだろう、座卓をはさんで私と向かい合った二人は落ち着かない様子で視線を泳がせていた。

「一海さん、話って何ですか」

先に口を開いたのはランだった。私は軽く咳払いをする。

「昨日の朝、夢の話をしたことは憶えているね」

双子がうなずくのを待って、私は告げた。

「実は今日、私の夢に出てきた女性のお葬式をしてきた」

すると二人は息を呑んだ。すぐに、レンの双眸《そうぼう》が私をにらむようになる。

「どうしてオレたちを連れていってくれなかったんだよ」

「……二人がショックを受けるかもしれないと思ったんだ」答えながらも、私は目を逸らしてしまった。「その女性の歩んだ人生が、幸福なものだったようには見えなかったから。その人が二人の産みの母親であると、二人に伝えることが正しい振る舞いなのかわからなかった。そもそも、彼女が母親であるという証拠はどこにもないんだ。夢の中以外、どこにも」

弁解をする一方で、私はこんな説明で双子が納得してくれるとも思っていなかった。案の定、レンは悔しさを顔面ににじませている。

「それでも……火葬しちゃったらもう、二度と会うことはできないじゃんか」

「申し訳ない」

座卓に額をつけて、私は謝った。レンやランがたじろぐ気配を感じた。

「詳しいことがまだ何も判明していない、不確かな状態で二人にその事実を伝えて、果たして今日のお葬式までに二人の心の整理がつくものなのか、判断できなかったんだ。でもやっぱり会いたかったよな。たったひとりの母親だもんな。本当に申し訳ない。このとおりだ」

私が顔を下げたままでいると、ランがしくしくと泣き出した。鼻から長く息を吐き出し、レンが言う。

「……会いたかったのかな。よくわかんないや。母親とはいえ、オレたちを捨てた人だもんな」

とにかく顔を上げてよ。レンのその一言で私は、元の姿勢に戻った。

「二人にしてみれば、自分たちを捨てるという行為は到底、赦《ゆる》しがたいことだろうと思うけど……聞いた話によれば、女性はこの十五年ほど、ずっと経済的に困窮していたそうだ。せっかくお腹を痛めて産んだ二人の子だけれども、自分には育てられない、ほかの人に託すしかないと判断せざるを得ず、断腸の思いで手放したのかもしれないよ」

レンは返す言葉を探しあぐねている。ランが指先で目元をぬぐいながら、おずおずと訊ねた。

「あの、その方のお墓はどこに……？」

「唯一の親族が海外住まいでお墓の面倒が見られそうになく、どうしたものかと困っている様子だったんだ。だから、その親族の方に反対されなければ、道然寺の納骨堂にお骨を納めようかと考えているよ」

「なら、いつでも会えますね」

ランはそう言って微笑んだ。それは弱々しい笑みではあったが、私には目のくらむほどにまぶしく感じられた。

「誰にも面倒見てもらえなかったら、かわいそうだもんな」

納得と呼ぶには程遠いのだろうが、レンもまた遺骨を引き取ることに一定の賛意を示してくれる。双子を呼び出すことに決めた瞬間からひどく強張っていた肩がようやく、ほんの少しだけ緩むのを私は感じた。

「二人とも、ありがとう。――そうだ、遺影、見るかい」

私は持ってきたデジタルカメラを座卓の上に置いた。双子はきょとんとしている。

「葬儀社の方に頼んで、お葬式の模様を撮影してもらったんだ。二人がのちのちも見られるよう、記録に残しておいたほうがいいと思ってね。さすがにご遺体の写真はないけど、遺影を通じて二人のお母さんがどんな人だったかを知ることはできるよ」

こわごわといった態度ではあるけれども、二人は座卓のほうへ身を乗り出した。私はデジタルカメラを操作して、遺影をアップで収めた画像をモニターに表示させる。

「ほら。夢とはかなり雰囲気が違うかもしれないけどね」

カメラを差し出すと、二人は額がくっつくほど近くに寄って、小さなモニターをのぞき込んだ。

それから束の間、二人は目を見合わせていた。レンが口を開く。

「一海さん――この人、違うよ」

「えっ?」

一瞬、レンが何を言っているのかわからなかった。動揺する私にレンは、噛んで含めるように続ける。

「この女の人、オレらの母親じゃないよ。夢に出てきた人と違うもん」

「わたしが夢でお会いした方とも違うようですわ」

ランもいくぶん申し訳なさそうに、レンの発言を支持する。

「ちょ、ちょっと待ってくれ……もっとよく見てくれないか。私も最初にこの遺影を見たときは、雰囲気が違ううえにピントも合っていなかったから、夢で見た女性と同一人物かどうか判別できなかったんだ。でも、ご遺体と対面して確信したよ。この人は、私が夢で会った女性だった」

「だから、そういうレベルじゃないんだって。どこからどう見ても完全に別人なんだよ。ランがどんなに化粧して髪型を変えたって、みずきと同じ顔にはならないだろ？」

ランがフランス人形に喩《たと》えたくなるような濃い顔立ちをしているのに対し、みずきはどちらかといえばさっぱりとした、日本人形を彷彿《ほうふつ》とさせる顔をしている。確かにどれだけピントのずれた写真であろうとも、この二人を見間違えることはなさそうに思われた。

「しかし、それなら……私が夢に見た女性と、二人が夢で会った女性とは、初めから別人だったのか」

「ま、そういうことになるね」

レンは片方の眉を上げ、いささか呆れたようである。

冷静に考えれば、その可能性は常にあったわけだ。それに私自身ですら先ほど、柏原弥生が双子の母親だという証拠がどこにもないことに言及した。にもかかわらず、実際には私は自分の想像が正しいとすっかり信じ込み、別人かもしれないことなど完全に考慮の埒外《らちがい》に置いていた。

とんでもない早とちりだった。たまたま同じタイミングで、似た内容の夢を見たに過ぎなかった。柏原弥生は、うちの双子とは何の関係もなかったのだ。

「私の決心は何だったんだ……」

故人には悪いが、私は頭を抱えないではいられなかった。そんなこちらの様子をながめ、レンは苦笑する。

「せっかくいろいろ、いいこと言ってたのにね」

恥ずかしいからやめてくれ——そう叫ぼうとしてレンの隣に目をやり、私は声を呑み込んだ。

ランは再び、デジタルカメラに映し出された遺影に視線を注いでいた。その顔色はさっきまでと異なり、ひどく悪くなっていた。

「……ラン？」

呼びかけると、ランはぎこちなく口を開く。

「この方が、一海さんの夢に出てきたことに変わりはないのですよね。そして大きな川越しに、『あの子をよろしくお願いします』と言い残したのですよね」

首を縦に振りながら、そういえば、と私は思った。柏原弥生は《あの子》と言った。もし双子のことを指しているのなら、《あの子たち》と言ったはずだった。

「ということは、ですよ」

ランがこちらを見上げた瞳は、切実さや必死さで明滅しているかのようだった。

「一海さんが救わなくてはならない、一海さんにしか救えない《あの子》が、この世のどこかに存在しているということではないでしょうか」

思わぬ展開にぽかんとしたとき、見計らったかのように携帯電話が鳴った。混乱しつつ、私は電話に出る。

「はい、窪山《くぼやま》です」

「――あ、和尚さん？　夜分にすいません。取り急ぎ、お伝えしたいことがありましてね」

声の主は小俣だった。柏原弥生について何か新しいことがわかったら、電話をくれるようお願いしていたのだ。

「実はたったいま、警察の者から連絡がありまして。故人と交際していたという男が、警察署に出頭したそうなんですわ」

やっぱり暴力を振るっていたらしいですよ、と小俣は言う。私は昼間、吉田と交わした会話を思い起こしながら確認した。

「その男、権藤って名前だったんじゃありませんか」

「おや、和尚さんもすでにご存じで？　おっしゃるとおりです。故人にしょっちゅう金をせびってて、故人がしぶると殴ってでも出させてたんだとか。まったくろくでもない男ですわ」

間違いない。吉田が教えてくれた、スナックの元常連客だ。しかし、借金を抱えて逃亡中だと聞いたが、どうして警察に出頭などしたのか。

その答えは、続く小俣の話で明らかになった。

「何でも、夢に故人が出てきてうなされたので彼女の指示どおり出頭した、なんて説明しているそうですよ。交際相手が事故で死んじまって、頭がおかしくなったんでしょうかね。ただ、その夢ってのがちょっと気になる内容でして」

借金が原因で、自分より力の弱い人間に暴力を振るって金を奪うような卑劣な男である。腕っぷしはどうか知らないが精神的にはむしろ、きわめて弱かったと見るべきだろう——しかし、それにしても。

柏原弥生は私の夢だけでなく、権藤の夢にも現れていたのだ。それほどまでに、この世に強い未練があったことになる。そしてその未練の正体は、権藤の夢の中でより明確に語られていた。

ということです」

「警察に赤ん坊を捜させろ――そう、故人は訴えたとのことです」

――一海さんにしか救えない《あの子》が、この世のどこかに存在しているということではないでしょうか。

「権藤によると、故人には生後一ヶ月ほどの息子がいたみたいなんですわ。認知していないけれども、父親はおそらく権藤だろうとのことでした。もっとも、権藤自身はその赤ん坊をたった一度しか見たことがないらしいんですがね」

その赤ん坊が現在行方不明になっている模様でして、と小俣は言う。

「警察としては夢のお告げを真に受けて動くわけにもいかんのでしょうが、何せ権藤が赤ん坊を見たと証言しているもんですからね。確認の意味で故人の自宅を訪ねたところ、紙おむつなんかが見つかったそうなんですわ。だのに、赤ん坊はどこにもいなかった。それで警察の者から、葬儀の参列者の中に赤ん坊をあずかっていそうな人物はいなかったか、というようなことを訊かれたんです。わかりません、と正直に答えるしかありませんでしたがね」

それから小俣は、自身が警察にされたのと同様の質問を私にも投げてきたが、むろん心当たりなどあるはずもない。一瞬、私の夢に柏原弥生が出てきたことを明かそうかとも考えたけれど、そんなことをしゃべっている時間の余裕はないと思い直し、電話を切った。

「まずい。柏原弥生の息子が——生後一ヶ月の赤ん坊が、行方不明になってる」

私は急いで、小俣との電話の内容を双子に詳しく伝えた。それればかりでなく、今回の出来事に関係ありそうな私の持てる情報を全部、一息にまくし立てた。

洩れ聞こえた通話からある程度の予想はついていたらしいが、それでもランの懸念が現実のものとなったことを知り、二人は強い衝撃を受けたようだった。私の話が一段落すると、レンがそのことだったのか、と切迫した調子で言う。

「弥生さんの赤ちゃんは、弥生さん以外誰も知らない場所に、現在もなお放置されてるんだよ。だから弥生さんはあの世から、自分のメッセージを受け取ることのできる相手を探して、のちに葬儀でお経を読むことになる一海さんに行き当たったんだ」

とんでもないことになった。柏原弥生が亡くなったのは、もう丸三日も前のことなのだ。

「大変——一刻も早く捜し出さないと、赤ちゃんの命が危ない！」

半狂乱になったランが、金切り声を上げた。

七

——なぜ柏原弥生は、肝心の赤ん坊の居場所を教えてくれなかったのか。

おかしな表現かもしれないが、故人を呪いたくなるような気持ちで私はうめく。

「捜すったって、警察にも見つけられないものをいったいどうやって……」

「電話でも聞いたとおり、警察は弥生さんが赤ちゃんをほかの方にあずけていることを念頭に置いて捜索しているはずです。当然の考え方だと思います。ですが、一海さんは夢で赤ちゃんを託されています。ということは、赤ちゃんはおそらく頼れる大人の管理下にない。まったく別の、思いもよらない場所にいる可能性が高いと思います」

パニックに陥りながらでも、聡明さを損なうことなく頭をはたらかせられるランに、私は畏怖の念さえ抱いた。

「だけど、そもそも弥生さんが事故にあったとき、赤ん坊は近くにいなかったんだ。生後ひと月にしかならない赤ん坊を、見ず知らずの人の夢に現れてまで救ってほしいほど愛《いと》しい息子を、どうして身から離しておいた？　それも、自宅以外のどこかだなんて」

「……虐待じゃないか」

レンがつぶやいたので、私はとっさに訊き返していた。「何だって？」

「弥生さんが事故に遭ったのは、月曜日のことだったんだろ。そして吉田さんの話によれば、弥生さんはスナックを休む毎週月曜日に、権藤って男と会っていたようだった。弥生さんの全身にあざがあったっていうのなら、権藤はそのとき弥生さんに暴力を振るっていたと見るべきだ。借金取りから逃げ回っていたというくらいだから、おそらくは弥生さんの自宅で、ね」

ランはすっかり青ざめている。人の善意を信じて生きる彼女には酷な想像かもしれない。だがレンの話が続くあいだ、彼女は気丈に耳を傾けていた。

「そもそも権藤が弥生さんに暴力を振るうようになったのは、会社が倒産して借金を抱えたからだった。弥生さん自身も金に困っていたのに、そんなところからも力ずくで奪わなくちゃいけないほど権藤は追いつめられていた――そうした折に、弥生さんが産んだ赤ちゃんなんて見たら、権藤はどうなるか。自分の子だってことも忘れて、『こんな金のかかるもの産みやがって』と逆上したって不思議じゃないだろ。たぶん権藤は、赤ちゃんにも暴力を振るおうとしたことがあったんだよ」

私は知らず、音を立てて唾を飲み込んでいた。

吉田の話では、暴力を振るわれようが金を無心されようが、柏原弥生は権藤に惚れていたとのことだった。そんな男とのあいだに授かった子なら、柏原弥生は父親である権藤にも赤ん坊を会わせたがったに違いない。ところが実際には、権藤は赤ん坊を一度しか見ていないという。毎週月曜日に会っていたのなら、たとえ出産からひと月しか経っていなくても、もっと機会があったはずなのになぜ――答えは明白だ。初めて父と子を対面させたその日に、二度と会わせてはいけないと考えるような何事かが起こったのだ。

人の悪意を暴くのに長《た》けたレンだから、すぐに考えが及んだ。私はそこから導き出される結論を口にする。

「じゃあ、柏原弥生は月曜日、権藤が自宅に来るあいだだけ、別の場所に赤ちゃんを避難させていたってことか」

そういや柏原弥生をはねた乗用車の運転手の証言によると、彼女は急いでどこかへ向かっている様子だったという。赤ちゃんを早く連れ戻したいあまり、彼女は無茶な横断をしてしまったのではないか。

「しかし、それなら柏原弥生はいったいどこに赤ん坊を……託児所のようなちゃんとしたところなら、現在まで通報がないのはおかしいし、わざわざ私にすがっていることの状況にも反する。かといって屋外というのも考えにくい、まして事故当日は雨だったのだからね。事故現場からそう遠くないこと、これだけは確かだと思うのだけれど」

「弥生さんが自宅のほかに、もうひとつ部屋を借りてたってのは？」

レンが言うも、ただちにランがかぶりを振る。

「だとしたら、遺留品の中にその部屋の鍵もなくてはならなかったはずよ」

「車にはねられたとき、鍵が吹っ飛んでいったんじゃねぇの。運転手が逃げたりしたわけではないから、警察もそこまで熱心に遺留品を探さなかったかもしれないし」

「いや、弥生さんの経済状況から考えて、自宅と別に部屋を借りていたというのは考えにくいだろう」私はランの肩を持った。「でも、鍵はいい着眼点かもしれない。一時的にせよ赤ん坊を置き去りにする以上、そこは鍵のかかる部屋でなくてはならなかったはずだ。虐待から守りたい一心でそんなことをするほどに愛情を持っていたのだとしたら、その気になれば誰にでも立ち入れるような場所に赤ん坊を残していくなんて真似、恐ろしくてとてもできやしなかっただろうからね」

「確かに……赤ちゃんは普通、泣きますものね。人が通るような場所だとしたら、泣き声につられて赤ちゃんを探すくらいのこと、する人はいくらでもいそうな気がします。鍵のかかる場所でなければ、赤ちゃんが見つかって騒ぎになってしまう」

ランも私の考察に同意を示す。

「ならば、どうして柏原弥生は鍵を持っていなかったんだろう。事故で紛失したという可能性もゼロではないが、より納得のいく答えを考えつかないか」

「鍵を持つことなく、本人にだけ出入りできる形で扉を施錠する方法ってこと？　そんなのあるわけが……あ」

反論しようとした瞬間に、レンはひらめいたようだった。

「ダイヤル式の鍵なんてどう？　ほら、自転車のチェーンロックとかでもよくあるじゃん。数字さえ憶えておけば、鍵を持ち歩く必要はないだろ」

「――南京錠か！」

気がつけば、私は叫び、立ち上がっていた。柏原弥生の通夜からの帰り道、車中で父と会話しながら見た光景が甦《よみがえ》る。

「事故現場のすぐ近く、安岡さんというお宅の庭の倉庫に、不自然に真新しい南京錠がかかってるのを見たんだ。いまは誰も住んでない家だから、赤ん坊を隠すにはもってこいだよ」

けれどもレンは、冷静に問いただす。

「その南京錠、ダイヤル式だったの？」

「そこまでは……それに、同じような条件に当てはまる廃屋や倉庫は、ほかにもこの町にいっぱいあるよな。決めつけるのは危険だろうか……」

自信を失いかけた私だったが、ランが一緒に立ち上がってくれた。

「事故現場から近いのでしょう？　でしたら可能性はあると、わたしは思います。ほかの場所を探すのは、先にその倉庫を当たってからでも遅くない」

「それもそうだよな。よし、行こう。一海さん、車を出して」

レンも立ち上がる。すでに夜は更けつつあったが、子供たちに家にいるよう説得している余裕はない。それに、双子の鋭い頭脳がいまは何より心強かった。

客間を飛び出して玄関で靴を履いていると、みずきが泡を食って廊下を走ってくる。湯上がりのようで、濡れた髪にタオルを巻いていた。

「ちょっと、こんな時間にどこ行くの？」

「すまないが、説明している暇はない。人の命がかかっているかもしれないんだ」

私は口早に言う。するとみずきは驚きながらも、両手でぐっとこぶしを握ってみせた。

「オッケー。住職には、あたしがうまく言っておくから」

「ありがとう、頼んだ！」

それから私とラン、レンの三人は外にまろび出て、庭に駐車してある私のコンパクトカーになだれ込んだ。エンジンをかける音が、春の夜のしじまを割るように轟いた。

交通量の減った県道をすっ飛ばし、安岡宅へは十五分ほどで到着した。路肩に車を停めて降り、無断で侵入することを心の中で詫びつつ、門をくぐって庭へ駆け込む。

「見ろよ、やっぱりダイヤル式だ」

いち早く倉庫の前にたどり着いたレンが、戸の南京錠を指差して言った。

それは見たところ特別に頑丈そうな造りでもなく、安価なものであろうことがうかがえた。が、だからといって専門的な工具もなしに破れるほどちゃちなわけでもない。

「赤ん坊の泣き声でも聞こえていれば、レスキューを呼ぶところなんだが……」

静かな夜に響いているのは、私たちの声ばかりである。

「これ、四桁か。うーん、まともにやってたら時間がかかりそうだな」

レンがため息をついたので、私は戸の前に屈み込んで南京錠に触れる。各桁0から9まであるタイプなので、0000から9999まで組み合わせは一万とおりもあることになる。本体に貼ってあるシールには、任意の数字に設定できる旨が記載されていた。

「一秒にふたつの組み合わせを試せるとしても、五千秒……一時間半近くかかる計算か。しかし、地道にやっていくしか……」

と、そこで後ろから肩を叩かれた。

「――わたしにまかせてください」

ランが、険しい表情をして立っている。何か考えがあってのことだろうか。ともかくも、私は言われるがまま彼女に居場所を譲った。

淡々と、ランが南京錠を操作する音が聞こえ、私とレンはその様子を固唾《かたず》を呑んで見守っている。そうして一、二分が過ぎたころだっただろうか。

「開きました」

南京錠が、カチャリと音を立てて外れたのだ。

ただただ愕然《がくぜん》とする私やレンをよそに、ランはさっと戸の前から離れる。盗み見た南京錠の番号は《0215》に合わせられていたが、どうしてそんなに早く開けられたのかがわからない。少なくとも、0000から順に試していったわけではなかった。

ランに説明を求めたい気持ちはあったものの、そんな悠長なことを言っていられる状況ではない。私は倉庫の戸に手をかける。木製の戸は滑りが悪くなっていたが、両手をかけてめいっぱい引くとギシギシ音を立てて少しずつ開いた。

倉庫に飛び込み、持参した懐中電灯で内部を照らす、と——。

刹那、私の脳裡《のうり》に、十四年前の朝の出来事がフラッシュバックした。

すがすがしい朝の空気。道然寺の本堂の縁側に打ち捨てられた朱色の毛布。

箱に気づいて広がる妄想。おそるおそる、毛布をめくる私の手。

——中から出てきた、玉のような双子の赤ん坊。

倉庫の奥の台に置かれた毛布を、懐中電灯の光の輪がとらえた。湖面にたった一輪咲いた蓮の花のように、それは鮮やかに際立って見えた。

「二人はここにいてくれ。私が様子を見てくるから」

飛び込もうとしたランを制止して、私は言った。最悪の事態が待っているかもしれない。そうなったとき、双子の受ける心の傷は最小限に抑える必要があった。毛布

双子を倉庫の入り口に残し、みずからの背中で彼らの視界をさえぎりながら、毛布のほうへ近寄る。まさかこんなことを、人生で二度も経験するとは思わなかった。私は震える手で懐中電灯の明かりを、毛布に包まって横たわるそれへと向けた。

――小さな、とても小さな赤子が、そこにいた。

私は双子のほうを振り返る。そして、はっきりとした声で告げた。

「息がある。早く救急車を」

その後、柏原弥生の産んだ赤子は救急車によって病院へ運ばれ、私たちも車であとを追った。赤子は衰弱が著しく、しばらくは予断を許さない状態ではあるものの、ひとまず一命を取り留めたことが医師によって知らされ、ランは安堵のあまりその場に泣き崩れていた。

それから私たちは警察の聴取に応じるなどし、明け方になってようやく解放された。帰り道、車の運転席に射し込む朝日がひどく目に沁み、ふとルームミラーで後部座席を見ると、双子は疲れた頭を休めるように互いに寄りかかって眠っていた。

八

二十日は金曜日で、レンとランは休まず中学校へ行った。ほとんど寝ていないのだし無理しなくてもいいと言ったのだが、どうせ翌二十一日は休みだから、と元気に出かけていった。二十一日は春分の日で、お彼岸のお中日でもある。道然寺でも、檀家さんを集めて法要を営む予定であった。

その、法要の準備に追われた夜更けのことだった。私が自室で法要の際に用いる卒《そ》塔婆《とば》を作っていると、入り口のふすま越しに声が聞こえた。

「一海さん、ちょっといい？」

レンである。私は《どうぞ》と応じた。ふすまがゆっくり開かれる。

「眠れないのかい」

私が訊ねると、寝間着姿のレンはこくんとうなずいた。そのまま畳の空いたスペースに腰を下ろしても、何も言わずにただじっとしている。

レンがこうして私の部屋を訪れるのはめずらしい。話したいことがあるのはわかっていたし、その内容についてもある程度、察しはついていた。うながすつもりで、私はレンと向かい合い、口を開いた。

「ゆうべは大活躍だったね。レンとランがいてくれなかったら、あの赤ん坊はたぶん助からなかっただろう」

するとレンは首を横に振る。謙遜の意味だろう。それから彼はようやく、私の部屋に入っての第一声を放った。

「あの赤ちゃん、どうなるのかな」

「……さぁ」

柏原弥生の息子は救い出されたものの、その処遇については見通しが立っていなかった。父親と見られる権藤は認知をしておらず、親権など法的な権利が発生しない。だいいち、借金取りから逃げ回るような生活をしているだけでなく、暴行をはたらく危険性のある彼に赤ん坊を託すことに、権藤自身を含め納得する者はいないだろう。

柏原弥生の叔母にあたる女性は葬儀の直後でまだ日本国内にとどまっており、すぐに警察から連絡がいったそうだ。しかしこちらも、赤ん坊を引き取ることに難色を示しているのだという。実感としては柏原弥生が彼女にとって他人も同然であることに加え、外国すなわち韓国に連れていくのに不可欠な種々の手続きなどが障害になっているものと思われる。薄情だと責める気にはなれない。たとえ親しんだ親戚の子だったとしても、ある日突然引き取ってくれと言われてすんなり受け入れられる人はそういないであろう。

「母親ももう亡くなってしまっているわけだし……あの子にとって、よい道が示されるといいのだけれど」

私の言葉にレンはそうだね、とつぶやいた。そして、続けてこんなことを言った。

「一海さんは、オレやランの母親が、やっぱりもう死んでると思ってる?」

うかつな返答はできない、と思った。おそらくレンは、この話をしに私のもとへ来たのだ。

「どうだろうね。いくら夢に出てきたからと言っても、夢は夢だからね」

「でも、今回はその夢が——一海さんの見た夢が、赤ちゃんの命を救ったんだよ」

レンのこちらを見すえる双眸に、私は釘付けになる。

「一海さんの夢に出た女の人は実際に亡くなってたし、その人が夢で言ったとおり、救わなくちゃいけない赤ちゃんがこの世に存在した。夢といいながら、すべて現実だったんだ。だとしたら、オレとランの夢に現れたあの人も、もうこの世のものではなくなってるのかな」

「わからないよ。断言なんてできやしない。いつかわかるときが来るかもしれないし、来ないかもしれない。こうして話していたって、明確な答えが出ることはないんだ」

言い聞かせることで、レンはいくらか落ち着きを取り戻したようである。やがて、ほつれた糸のようにいまにも切れそうな、頼りない述懐が彼の口から紡ぎ出された。

「……オレさ、いままでずっと、母親のこと恨んでた」

人の行動を悪意で解釈したがるレンの心の根底に、そうした感情があることは知っていた。だが、彼自身が私の前でそれを認めるのは初めてのことだった。

「オレやランを産んで、さっさと捨てて、何て勝手なんだろうって恨んでた。道然寺の人たちには感謝していたし、ここで育ったことに不満なんてなかったけど、それでも母親を恨む気持ちは消えなかったんだ」

「自然なことだと思うよ」

私は述べた。レンが携えてきたその感情が、何ら悪いものではないと思っていることを、はっきり伝えておきたかった。

ところがレンは、そんな私の言葉を受けて《でもさ》と続けた。

「でもさ、一海さん、弥生さんがオレらの母親だと思い込んでたとき、言っただろ。母親は、断腸の思いだったかもしれないって」

——自分には育てられない、ほかの人に託すしかないと判断せざるを得ず、断腸の思いで手放したのかもしれないよ。

「オレさ、それ聞いて初めて、本当に生まれて初めて、想像したんだ。母親はオレやランのことを、自分で育てたかったんじゃないかって。自分の手で、オレたちのことを幸せにしたかったんじゃないかって。だけど自分では無理かもしれない、ほ

かの人に託したほうが、優しいお寺の人たちに託したほうが、この子たちは幸せにな
れるかもしれない――幸せになれるに違いない。そう考えて、オレたちを捨てたんじ
ゃないかって」
レンの頬を、一筋の涙が伝った。物心ついてからのレンは、人前で泣くことなど絶
対になかった。そのレンがいま、泣いている。
「一海さん。オレ、自分を捨てた母親を恨むことで今日まで生きてきた。幸せになっ
て、もしいつかどこかで自分を捨てた親と再会したとき、『捨ててくれてありがと
う』って、『あんたなんかに育てられなくて本当によかったよ』って、面と向かって
せせら笑ってやるつもりだった。そういう意地悪な感情にもたれかかることで、生い
立ちのことを誰かにとやかく言われても、血のつながった親がいない寂しさみたいな
ものを覚えても、大したダメージを受けることもなく自分の感情とうまく付き合って
こられたんだ。だけど――」
わからなくなっちゃった。そう、レンは吐き出した。
「母親は、心からオレたちの幸せを願って、オレとランを捨てたのかな。もしそのと
おりなんだとしたら、もうオレ、母親のこと恨めないよ。いままで付き合ってきた感
情も、これからはどう対処していいのかわからないよ」
去年の秋にもこんなことがあったのを、私は思い出していた。

あのときはランが、かつて苦しい感情を抱えた経験を聞かせてくれた。どんなに家族が気をつけていても、強いられた捨て子という境遇において彼女が無傷ではいられなかったことをあらためて思い知り、私は打ちのめされたものだ。そしてレンもまた、自分の抱えてきた感情について、いままさに告白している。

　父とも話したとおり、私たちは双子にできる限りのものを与えてきたつもりでいる。それは双子が傷ついていたからといって、やみくもに否定したり、卑下したりすべきことではないだろう。その代わり、私たちには与えられないものがあることもまた、私たちはしかと心に刻んでおかなくてはならない。そのうえで、双子が傷ついたときには、私たちに何ができるのか、よくよく考える必要があると思うのだ。

　しばし私は、うつむいてしまったレンを見つめていた。するとかけたいと思う言葉は、おのずと口を衝《つ》いて出た。

「いいんじゃないかな。恨んでいても」

　レンがはっと顔を上げる。

「どうして？　母親は、オレの幸せを願ってくれていたかもしれないのに？」

「二人を捨てた人の気持ちなんて確かめようがないよ。たとえ母親が生きていて、口を利くことができたとしても、教えてくれるのが本心だなんて証拠はどこにもないのだから。二人のためを思って道然寺に託したのかもしれないし、ひたすらに身勝手な理由だったのかもしれない。どのみち確かめる手段なんてないのだから、そのほうが生きやすいとレンが感じるのなら、これまでどおり母親を恨み続ければいいと思うよ。何よりも──」

私はレンの頭を軽く撫でた。

「母親が二人の幸せを願って道然寺に託したのだとしたら、レンに恨まれることすら、母親にとっては本望だよ。そうすることで、レンがいまより幸せになれるのなら、ね」

──それが、誰かの幸せを願うということなのだ。

さっきまでは涙をこぼす程度だったのが、いまではレンは泣きじゃくっていた。周囲の大人が舌を巻く聡明な頭脳を持ち、普段はシニカルなほどにひねたところのあるレン。だが、彼もまだ中学二年生なのだ。子供といっていい。その年齢に達するまでのあいだにも、彼はこんなにも危うく苦しいことを考えながら生きてきた。私たち道然寺の人間は精いっぱいの愛情を注いできたかもしれないが、それでも彼は実母を恨むという穏やかならざる感情と共存しながら、今日まで必死に歩んできたのだ。

「二人がうちの寺に来てくれて、毎日楽しいって話しただろう」

私が言うと、レンは充血した目をこちらに向ける。

「でも、それだけじゃない。私は二人と一緒に過ごす時間の中から、とても多くのことを教わった。この一年を振り返ったってそうさ。さまざまな不思議に出会い、二人がそれを解決していくたび、大事な何かに気づかされてきた」

迷い、戸惑い、思い悩んだとき。私のそばにはいつも双子がいて、私の取るべき行動を示唆してくれたのだ。

「二人を本堂の縁側で見つけたとき、私はまだ、いまの二人の年齢といくらも違わなかった。僧侶になるための修行をしながらも、きわめて未熟な少年だった。だから、時々こう思うことがあるんだよ——二人は仏さまが私に教えを説かんとして授けてくれた、尊い命だったのかもしれないなって」

だから、何度でも言うよ。私は心からの笑顔で、その言葉を伝えた。

「道然寺に来てくれてありがとう——家族になってくれて、本当にありがとう」

誰かを恨みたかったら、そうすればいい。それでレンが幸せになってくれるのなら何だっていい。そのために私にできるのは、彼らの現状を肯定することだけなのだ。

「……ありがとう、オレたちを見つけてくれて。家族にしてくれて、ありがとう」

レンはなおも泣き続けていたが、疲れたのか、あるいは安心したのか、しだいにその声は寝息へと変わっていった。そのまま畳に横になった彼に、起こさないようにそっと毛布をかけ、私は部屋の照明を消した。

九

その晩、私は再び夢を見た。

朱色の空、金色の雲。目の前を大河が流れ、彼岸に女性の——柏原弥生の姿が見える。

いくぶんほっとしたような彼女の表情を見て、《あぁ、お礼を言いに来たのだな》と思った。彼女は深々と腰を折り、あることをつぶやいた。その声は大河を飛び越えて、私のもとに届く。

——あの子をよろしくお願いします。

はっきりと、彼女は言ったのだ。

耳を疑った。彼女の息子の命は救われた。人違いであるはずもない。抗議しかけたが、彼女の穏やかな表情を見て、すとんと腑に落ちた。

その考えが、一度も頭をよぎらなかったわけではない。しかし容易に決められることでもなく、じっくり時間をかけて検討していくしかないと思っていた。

だが、夢から醒めたとき、私の迷いはすっかり晴れていた。

ひと足早く彼岸に到達した彼女が言うのなら、それが私のたどるべき道なのだろう。

十

「――引き取ろうと思うんだ」

明けて春分、お彼岸のお中日の朝。朝食の席で私は、真海、ランとレン、それにみずきの前で宣言した。

「引き取るって……何を？」

きょとんとするみずきに、私は確固たる口調で告げる。

「柏原弥生の子供だよ。可能かどうかはわからないけど、里親になる意向を示そうかと考えてる」

――あの子をよろしくお願いします。

夢の中で聞いた、夢の中でしか聞けなかった、柏原弥生の声が甦る。彼女は昨夜の夢で、あらためて私に息子を託したのだ。そうとしか考えられなかった。

私ひとりで決めたことだ。父やみずき、それにレンがあぜんとしているのは、しごく真っ当な反応と言えるだろう。一方で、ランは即座にぱちんと両手を打ち合わせ、賛同を表明した。

「素敵な考えだと思います！　真海さんも、一度はわたしたちを引き取ってくださったのですから、まさか二度目はだめなんておっしゃいませんよね」

「ちょ、ちょっと待ちんしゃい」

父はうろたえ、額に噴き出た汗を指先で拭った。

「十四年前、おまえたちを引き取ることにしたのは、完全にわしの独断やった。ばってん、あれはおまえたちが生まれたのが、お釈迦さまが降誕《ごうたん》なさったのと同じ日と知って、仏さまからの授かりものと確信したけんたい。誰でも彼でも引き取るつもりやったわけではなか」

生まれたばかりの双子が毛布の中から発見されたとき、片方の子の着ていた肌着に、母親からとおぼしき手紙がはさまれていた。そこに、双子の誕生日が四月八日である旨が記されていたのだ――四月八日といえば灌仏会《かんぶつえ》、すなわち釈尊の誕生を祝う日にあたる。

むろん、この話を聞くのは初めてではない。それに双子を引き取ったころというのは、私の母が病気で亡くなり、長姉がよそに嫁いで寺を出ていくなど、道然寺全体が何かと寂しさに包まれていた時期でもあった。したがって、当時と現在とでは状況が違うことを理由に、父が私の提案に難色を示すことはじゅうぶん想定できた。むしろ、先の宣言に異を唱える者がいるとしたらそれは誰をおいても父なのであり、だから反対に遭ったあかつきには説得に労を要するだろう、と私は腹をくくっていたのだが

――。

「あら、そういうことなら今回だって同じだわ」

突如としてランが出した助け船は、思いもよらないものだった。

「だって、あの子のお誕生日は二月十五日なんですもの」

「えっ――どうして誕生日を知ってるんだ？」

私はつい、座布団から腰を浮かせた。うちの双子の場合と異なり、柏原弥生の子のまわりに手紙などは残されていなかった。そもそも捨て子ではなかったのだから当然だ。加えてあの子は、出生届もきちんと提出されていなかったらしい。今後、何らかの事情により誕生日が判明することはあるかもしれないが、現時点でランがそれを把握しているのは不思議としか言いようがなかった。

ランはさも当たり前と言わんばかりの態度でこれに答える。

「南京錠ですわ。弥生さんが設定した数字は、《0215》だったではありませんか」

そういやランは、安岡宅の倉庫の戸に柏原弥生がかけたダイヤル式の南京錠を、異常な速さで開錠したのだった。数字を自由に設定できるタイプの南京錠だったことは、私も自分の目で確かめている。

「じゃあ、あの数字が赤ん坊の誕生日だって言うのかい」

「でなければ、あんなにすぐ南京錠を開けることはできなかったと思います。任意の四桁の数字と言われて、お誕生日を思い浮かべる人は多いのではないでしょうか。赤ちゃんは生後一ヶ月ごろというお話でしたから、わたしはまず赤ちゃんが生まれたと見られるひと月前、二月の日付から数字を試していくことにしたんです。もちろん弥生さん自身のお誕生日という可能性もありましたが、弥生さんとおっしゃるくらいですから、きっとお生まれは三月でしょう。二月を試して開かなければ、次は三月を試すつもりでした」

筋の通ったランの解説に、私はただただ呆れていた。言われてみれば、鈍い私でも考えつきそうなことではある。だが、あのような切迫した状況において自力で考えつくことができたかと問われれば、話は別だ。ランは十四歳にして、それをやってのけたのだ。

「赤ちゃんの誕生日が二月十五日だってことはわかったけどさ、その日だと何か特別な意味でもあるの」

首をかしげたみずきに対し、ため息をつきながら答えたのは父だった。

「二月十五日は、お釈迦さんの入滅《にゆうめつ》の日たい」

へぇー、とみずきが頭を揺する。当寺ではこれといって何もしないが、涅槃会《ねはんえ》と呼ばれる法要を営む寺院も多く、四月八日と同様、仏教徒にとっては重要な一日である。

「母親が死後に一海の夢に出て訴えるほど霊力の強い人やったなら、息子もそうかもしれん。そのうえ誕生日がお釈迦さんの入滅と同日なんて、その子はひょっとしてお釈迦さんの生まれ変わりやなかろうか。そんな子を、寺の者が見捨てるわけにはいかん。しょうがなか。おまえたちが、家族になってやりんしゃい」

父のこの発言で、ランの表情は晴れやかになった。最後に確認の意味を込め、私はみずきに向き直る。

「もちろんみんなで協力して育てるつもりだけど、家事の負担が増えるわけだし、一番苦労するのはみずきちゃんかもしれない。それでも大丈夫かい」

「あたしは平気だよ！　子供好きだし、いつかはわが子を育てる日も来るんじゃないかってことを思えば、ね」

彼女が親指を立てるのを見て、私は安堵した。ランがはしゃいだ声を上げる。

「決まりですわね」

「では、柏原弥生のお骨も、予定どおりうちに納めることにしよう。赤ん坊が育ったときに、母親のお墓があるのは大事なことだから」

私が述べた、そのときである。

それまで一言も口をはさまずに、私たちのやりとりを冷めた目でながめているようだったレンが、出し抜けにふっと笑った。

「どうかしたかい、レン」

訊ねながら私はにわかに、しくじったかもしれないという思いに駆られていた。

レンからは昨晩、捨て子だったという自覚を持って生きることにともなう苦しさを聞かされたばかりである。夢だけでなくその会話もまた、私に赤ん坊を引き取ることを決断させた一因となったことは言うまでもない。

だが、ならば私は真っ先に、レンに意見を伝えておくべきだった。赤ん坊は捨て子でこそないが、レンたちと立場は近い。それだけに、気軽に決断してしまっていい案件ではないことを、レンは誰よりもよく理解している。昨日あんな会話をした以上、私はこれが安易な決断ではないことを、まずレンに示すべきだったのだ。

私にとっては緊迫した数瞬が流れた。レンは首の後ろをかくと、再びこれ見よがしに笑って言った。

「一海さんたちを見てるとさ、あの言葉を思い出すんだよ――」

いつものことわざが飛び出すぞ。身構えた私はしかし、次の瞬間には予想だにしない言葉を耳にしていた。

「仏千人神千人だな、って」

世の中、善人も多いものだ――まさかその言葉を、レンの口から聞けるとは。

「レン！」

「わ、ちょ、やめろって」

不意打ちのようにランが隣のレンに抱きついて、レンはしどろもどろになっている。そのさまをながめながら、私たち大人三人は気づけば大笑いしていた。

——そうか。レンもまた大人になる過程で、さまざまに変化しているのだな。

今朝、提案を試みるまで私は、ひどい緊張に見舞われていた。私の考えに賛同してもらえるのか、新しい家族を受け入れることが私たちにできるのか、不安で仕方なかった。

けれどもいまは、不安なんてすっかり霧散してしまっている。

大丈夫。私たちは、寄せ集めであることなどものともしない、立派な家族なのだから。新たな一員が加わったとしても、同じように家族として迎え入れ、さらに毎日を楽しく過ごすことができる。

「それにしても、よか天気やね」

食事を終えた父が、立ち上がって居間の掃き出し窓を開けた。室内に流れ込んだ空気は、太陽の匂いをたっぷり含んでいる。

「今日は温《ぬく》うなりそうたい。暑さ寒さも彼岸まで」

今日が一番忙しいのに、父は早くも彼岸が明けたかのようなことを言う。つられるようにレンとランが窓のそばへ行き、父の両脇に寄り添った。

「あと一日、週明けに学校行けば、オレたちもう春休みだもんな」

「中学二年生もおしまいね」

そっかぁ、とみずきもランの後ろに立ちながら感慨深げだ。

「あたしが道然寺に来て、もう一年になるんだね。早いなぁ」

並んだ家族の背中を見回して、私はふと思う。

何気ない日々をのんびり過ごしているようでも、確実に時間は過ぎていて、父親の真海は歳を取り、子供だと思っていたランとレンの双子もたくましく成長し、みずきは道然寺の一員として日に日に頼りがいのある存在になっていく。

私もきっと、自分でもわからないような部分に、月日の流れを蓄積させているのだろう。ある面では育ち、またある面では衰えながら、窪山一海というひとりの人間は、刻々と変化し続けているのだろう。そうしていつか彼岸にたどり着く、そこに至るまでの道のりを、仏道では修行と呼ぶのだ。

――それまではどうかひたむきに、自分の、そして此岸を生きる人の命を大切に。

「さぁ、今日はお中日の法要だよ。それが終わったら、家族を迎えにいく準備をしようか」

私もレンの両肩に手を置いて、みんなと一緒に、道然寺の庭に降り注ぐ陽射しに目を細める。地上できらめくうららかな春は、私たち家族の新たな船出を寿《ことほ》いでくれているように感じた。

道然寺《どうぜんじ》さんの双子探偵《ふたごたんてい》

朝日文庫

2016年6月30日　第1刷発行

著　者　岡崎《おかざき》琢磨《たくま》

発行者　首藤由之

発行所　朝日新聞出版

〒104-8011　東京都中央区築地5-3-2

電話　03-5541-8832（編集）

03-5540-7793（販売）

印刷製本　大日本印刷株式会社

Published in Japan by Asahi Shimbun Publications Inc.

ISBN978-4-02-264818-1